LES ENVIEUX

DU MÊME AUTEUR

Chez le même éditeur

Le Vol nuptial. L'imaginaire amoureux des femmes. Traduit de l'italien par Pierre Girard. 1994.

Chez d'autres éditeurs

Le Choc amoureux, 1980
L'Amitié, 1985.
L'Érotisme, 1987.
Vie publique et vie privée, 1988.

FRANCESCO ALBERONI

LES ENVIEUX

Traduit de l'italien par Pierre Girard

PLON
76, rue Bonaparte
PARIS

TITRE ORIGINAL

Gli Invidiosi

ISBN Édition originale (Garzanti, Milano) : 88-11-59809-5
ISBN Plon : 2-259-02769-5

1

La comparaison envieuse

Nous désirons ce que nous voyons. Être comme les autres, avoir autant que les autres. Nous apprenons cela dès l'enfance, en regardant nos frères, nos sœurs, nos parents. Adultes, nous observons ce que font nos voisins, les gens du spectacle, et nous nous identifions à eux. Le désir est une énergie attisée de l'extérieur. Le contact avec les autres nous stimule, nous séduit, nous tente, nous amène à vouloir toujours plus, à rechercher sans cesse la nouveauté, à nous fixer des objectifs toujours plus élevés, à aller toujours plus loin.

Mais cette incessante activité désirante rencontre inévitablement des frustrations. Nous ne parvenons pas toujours à obtenir ce qu'ont obtenu ceux qui ont servi de modèles. Nous sommes alors contraints de faire un pas en arrière. Ce recul peut prendre diverses formes : colère, tristesse, renoncement. Ou encore, rejet du modèle auquel nous nous étions identifiés. Pour repousser le désir, nous repoussons la personne qui nous l'avait inspiré, nous la déprécions, nous lui dénions tout mérite, toute valeur. C'est la première racine de l'envie.

L'autre racine de l'envie se nourrit de l'impétueux besoin de juger. Pour savoir ce que nous valons, nous nous comparons à quelqu'un d'autre. Nous commençons, dès la plus tendre enfance, en nous comparant à notre frère, à moins que notre mère ne le fasse pour nous. Et nous continuons, la vie durant, avec nos amis, nos collègues de travail, avec ceux qui ont fait mieux que nous et avec ceux que nous avons dépassé en chemin ; chaque fois que nous jugeons, nous sommes jugés [1].

Il en a été ainsi de tout temps, dans toutes les cultures, chez tous les hommes comme chez les femmes, et nul ne peut s'y soustraire. Mieux ou pire, au-dessus ou au-dessous, plus et moins, bien et mal, éloge et réprimande, succès et insuccès, tout est comparaison. Pour penser à nous-mêmes, nous sommes condamnés à nous confronter aux autres êtres humains, avec leurs qualités, leurs vertus, leur beauté, leur intelligence, leurs mérites. Derrière toute appréciation, il y a toujours « quelqu'un » qui constitue notre mesure, et qui, dans la comparaison, s'installe au centre même de notre être.

Nous voulons être meilleurs, supérieurs, plus appréciés. Il n'y a pas de limite à cette pulsion, à ce désir de s'élever. Et il n'y a jamais de fin à la comparaison, au jugement, à cette succession infinie d'évaluations — tantôt mieux, tantôt pire, tantôt un pas en avant, tantôt un pas en arrière. L'énergie sociale globale est le produit de cette force ascensionnelle, de cette pulsion comparative. Et si nous ne réussissons pas, si la comparaison est à notre désavantage, nous nous sentons diminués, dépréciés, vides. Nous cherchons, alors, à protéger notre propre valeur. Et, là aussi, nous pouvons le faire de plusieurs façons : en renonçant à nos objectifs, en devenant indifférents, ou bien en nous efforçant de dévaloriser le modèle, de le rabaisser à notre niveau. Ce mécanisme de défense, cette tentative pour nous protéger à travers une action de dépréciation, c'est l'envie.

L'envie est donc un arrêt, un recul, un stratagème pour se soustraire à une comparaison qui humilie. C'est une tentative pour se débarrasser de la pulsion qui valorise l'objet, le but, le modèle. Mais une tentative maladroite, car l'objet du désir et le modèle restent là, comme un filet dans lequel se débat l'âme prisonnière.

Désirer et juger sont les deux piliers de notre être, mais aussi les fondements de l'envie. Et l'envie se montre toujours, comme un éclair, à la naissance de chaque désir, à l'apparition de chaque valeur. Parce que tout désir se heurte à un obstacle ou à un autre, et que chaque comparaison est susceptible de nous mettre en difficulté. Toute pulsion désirante porte en elle un risque de naufrage. Et toute aspiration, la possibilité de se fourvoyer.

Le processus qui commande à chacun de nos mouvements n'est jamais rectiligne, assuré, imperturbable. Nous nous élançons vers l'avant, puis nous nous arrêtons, nous regardons autour de nous. Puis, rassurés, nous repartons du même élan. Le flux vital est une succession ininterrompue d'explorations, de tentatives et d'erreurs, d'avancées et de reculs. Le moment de l'arrêt, du reflux, du refus, est partie intégrante de ce processus, il lui est essentiel. L'envie est un acte de défense, une tentative pour s'enfermer dans un refuge, dans une forteresse, par crainte de ce qui nous attend. C'est ainsi l'ombre portée de notre élan vital, la force antagoniste omniprésente du vouloir.

L'envie prend ses racines dans nos motivations les plus profondes, dans nos aspirations les plus élevées. Mais en nous les révélant, elle nous en offre une image déformée et répugnante. Ce n'est pas un élan limpide, solaire, une marche courageuse vers le but ; ce n'est même pas une acceptation lucide de la défaite. Le désir frustré se reporte, à travers notre concentration obsessionnelle, sur quelqu'un qui a réussi là où nous avons échoué, et nous sommes non seulement malheureux de notre échec, mais pleins de rancœur envers celui qui a réussi. L'envie prend racine dans le modèle, mais ce modèle, à travers le processus de l'envie, se transforme en une figure à laquelle nous ne pouvons penser sans tressaillir, sans être envahis par la rage et par le découragement[2].

Si nos désirs sont générés par la présence des autres, si le jugement que nous portons sur nous-mêmes est le résultat d'une comparaison, la vie, avec son élan impétueux, consiste à se laisser entraîner par ce courant. A accepter, ou à oublier, ou à refuser de savoir, qu'une grande partie de nos désirs nous est instillée de l'extérieur, que l'idée que nous avons de nous-mêmes est le murmure d'une foule, l'écho de ses paroles. Que nous ne possédons pas une substance intime, autonome, indépendante.

L'envie est une tentative inutile, maladroite, de nous soustraire à cette condition humaine, au fait d'être forgé par les autres, par ce qu'ils disent, par les jugements qu'ils émettent. C'est une protestation chargée de rancœur contre cette substance évanescente qui enveloppe notre être ; une révolte contre notre manque métaphysique d'autonomie. Mais c'est une protestation pétrie de mauvaise foi, car nous ne la formulons que lorsque nous nous sentons vaciller, et non avant. L'envie est la protestation d'un tricheur qui s'aperçoit qu'il a triché quand il commence à perdre. Il voudrait, alors, ramener le jeu à des règles équitables, mais il ne peut plus le faire car il croit que tout le monde triche, et il se méfie de tous comme il se méfie de lui-même.

L'envie est malveillance envers les autres quand nous pensons que la société, le monde, ne nous sont pas assez favorables. C'est un venin que nous sécrétons et avec lequel nous empoisonnons l'atmosphère. Une atmosphère dans laquelle nous évoluons avec crainte, en proie à un profond malaise.

Et quand nous sommes à notre tour objets d'envie, nous sentons cet air vicié, maléfique. L'envie des autres nous blesse, empoisonne notre vie. L'envie est agressivité. Si trop de gens vous envient, s'ils sont trop nombreux à vouloir, par tous les moyens, diminuer votre valeur, discréditer votre image, si cette action d'intoxication se poursuit jour après jour, vous finissez par vous sentir étouffer. Là où vous attendiez des louanges, vous ne suscitez que des railleries. Vous vous montrez aimable et, pour toute réponse, vous essuyez un affront. Vous redoublez d'efforts et voyez croître l'hostilité de vos collègues, de vos parents, de ceux qui devraient le mieux vous comprendre. Qui devraient vous accorder la reconnaissance que vous estimez mériter.

A certains moments, vous pouvez percevoir l'envie comme une présence agressive, tangible. Vous sentez, comme un animal doté d'un sens approprié, les relents et la puanteur de l'agressivité. Et vous vous apercevez que cette puanteur emplit la pièce dans laquelle vous pénétrez, déforme les visages qui se tournent vers vous. Quand vous receviez une lettre, jusque-là, vous n'y lisiez que les mots et leur signification littérale ; mais désormais, vous percevez entre les lignes, derrière les mots, la vilenie, la haine dont ce papier est imprégné. Au cours d'une conversation, dans les allusions, dans les plaisanteries, dans l'ironie, vous sentez l'odeur nauséabonde. Odeur d'hommes malfaisants, odeur de bourreaux, odeur de traque et de carnage.

2

La condamnation sociale

L'envie est un mécanisme de défense que nous mettons en œuvre quand nous nous sentons diminués par la comparaison avec quelqu'un, avec ce que possède cette personne, avec ce qu'elle a réussi à faire. C'est une tentative maladroite pour récupérer la confiance, l'estime que nous avons de nous-mêmes en dévalorisant l'autre.

Il s'agit donc d'une activité, d'un processus. Il y a d'abord la comparaison, puis le sentiment dévastateur d'appauvrissement, d'impuissance, puis la réaction agressive. Ces éléments sont-ils à eux seuls constitutifs de l'envie ? Certainement pas. Car l'envie est aussi un « vice », quelque chose que la société condamne et que nous condamnons en nous-mêmes. Ce n'est pas seulement un sentiment ou un comportement, c'est aussi un jugement, une prohibition[1].

Prenons un exemple. Deux gamines partagent la même affection. Elles sont amies d'enfance, elles ont toujours joué ensemble. Mais quand vient l'adolescence, l'une se développe plus vite que l'autre. La voici qui prend des formes, se pare d'une beauté naissante. Les garçons commencent à l'admirer, à la courtiser — surtout les plus âgés, les plus beaux, les plus intéressants.

Son amie assiste à cette métamorphose, elle sait de quoi il s'agit, et attend que vienne son heure. Mais elle est perturbée, elle se sent, pour la première fois, désavantagée, inférieure, diminuée. Elle souffre, pleure et se confie à sa compagne, qui la console : « Ne t'en fais pas, tu vas grandir toi aussi, tu vas devenir belle à ton tour. » Mais elle s'enfonce dans la tristesse et se demande pourquoi, tout d'un coup, une telle différence entre elles. « Pourquoi, se dit-elle, cela lui arrive-t-il à elle, et non à moi ? » Et elle ne parvient pas à trouver une explication.

C'est le premier stade du processus d'envie : une comparaison négative, la perte douloureuse de sa propre valeur. Mais ce n'est pas encore un processus de défense, de riposte, clairement défini. On n'y trouve pas, notamment, l'agressivité envers l'autre, la tentative de dévalorisation.

Voyons comment celle-ci peut apparaître. Un jour, notre jeune fille rencontre une connaissance qui lui dit sans ménagement : « Mais qu'est-ce que tu t'imagines ? Ton amie est plus belle que toi, beaucoup plus belle. Et elle le sait très bien : vois comme elle se pavane ! » La jeune fille en est bouleversée. Elle se sent diminuée, dévalorisée, impuissante. Elle éprouve ce que Natoli appelle *le tourment de l'impuissance*[2]. La camarade qui lui a parlé ainsi a, en outre, orienté ses pensées vers l'agressivité en lui disant que l'autre était belle, qu'elle se pavanait.

Le processus de l'envie a ainsi avancé d'un cran. La jeune fille ressent une pulsion de haine, elle désire que son amie devienne laide, elle ne veut plus la voir. Peut-on, dès lors, parler d'envie au sens complet du terme ? Pas encore : il manque un élément essentiel du processus. Notre jeune fille ne sait pas qu'elle envie, elle n'en est pas consciente. Et elle ignore encore que l'envie est mauvaise.

Voyons maintenant le stade ultime : la condamnation sociale et son intériorisation. On en trouve une excellente description dans l'épisode suivant, narré par l'une de nos romancières[3] :

« Les femmes voulaient que je reste un objet asexué. La première à essayer fut l'une de mes cousines. J'avais dix-sept ans. J'étais invitée chez elle. Son père voulait m'emmener visiter la ville, puis au cinéma. Je refusai de l'accompagner de crainte de lui faire honte, car j'étais vêtue d'un mauvais tricot et d'un pantalon déchiré, et n'avais rien de correct à me mettre. Mon oncle dit alors à sa fille de me prêter un pull-over. C'était l'automne, il faisait plutôt froid, et je ne pouvais pas me contenter d'un petit tricot de coton. Ma cousine accepta. Je choisis un pull-over blanc, très beau.

« Je l'enfilai dans la salle de bains avant de la rejoindre dans la chambre. "Est-ce qu'il me va ?" Elle me regarda en silence. J'attendais une réponse à ma question. Son visage devenait de plus en plus rouge, et soudain, elle me dit en hurlant : "Enlève-le ! Je ne veux plus te le prêter !" Puis elle éclata en sanglots et se jeta sur le lit, en proie à une véritable crise d'hystérie, en criant "enlève-le, enlève-le !" »

« Son père apparut, attiré par les cris. "Que se passe-t-il ?" "Elle ne veut plus me prêter son pull-over", répondis-je, bien ennuyée. "Pourquoi refuses-tu de le lui prêter ? Avec tous ceux que tu as !" "Parce qu'il lui va trop bien", bredouilla l'autre entre ses larmes. Elle était jeune, elle aussi. Elle n'avait que seize ans, et ne connaissait pas le sentiment qui l'avait faite changer d'avis. Son père, oui. Furieux, il la gifla : "Mauvaise ! Sale envieuse !" Je me hâtai de retirer le pull-over, et renonçai à sortir. »

Cette fille ne connaissait pas encore la nature de son

sentiment. Elle avait fait la comparaison, ressenti la souffrance de la dépréciation, avait eu une réaction agressive. Presque un réflexe non conditionné, une réaction instinctive. C'est ainsi que réagissent les enfants, les adolescents et certaines personnalités qui ont gardé une psychologie infantile et adolescente. Mais son père, lui, avait reconnu l'envie, et lui avait immédiatement communiqué sa désapprobation et celle de la société. À partir de là, la jeune fille sait, elle a été jugée et a intériorisé la condamnation. Le processus est complet.

Mais de quoi l'envieux se voit-il accuser ? D'une triple faute. Pour le constater clairement, revenons à l'observation de la camarade qui avait dit à l'adolescente du premier exemple : « Mais qu'est-ce que tu t'imagines ? Ton amie est belle, bien plus belle que toi. »

À lire ces mots de plus près, on s'aperçoit qu'ils contiennent une condamnation sociale. La camarade parle au nom de la société. Elle ne dit pas : « Je la trouve belle. » Elle dit : « Elle est belle, qu'est-ce que tu t'imagines ? » Elle n'admet pas de doute. Être ou ne pas être beau ne relève pas d'une opinion individuelle. C'est un jugement social de valeur. À travers les mots de cette jeune fille, la société prononce une sentence qui ne souffre pas de contestation. Et elle adresse à l'intéressée, notre adolescente, une injonction : ne te rebelle pas, accepte notre jugement ! Se rebeller contre le jugement social, le mettre en doute ou le nier, est la première faute que commet l'envieux.

Ensuite, seulement, vient la deuxième faute : l'agressivité. L'envieux dévalorise l'autre, cherche à le diminuer, à l'abîmer. Une violence d'autant plus coupable qu'elle s'exerce sur une personne que la société apprécie, estime.

L'accusation est donc double : tu te rebelles contre le

jugement de valeur de la société, et tu agresses ceux que la société tient en estime. Tu n'acceptes pas nos principes, et tu agis contre celui ou celle dont nous reconnaissons la valeur. Tu éprouves, ainsi, un sentiment infâme, tu te comportes d'une manière infâme. Le mot envie exprime cette condamnation, et il est une injonction à agir différemment.

Tous les êtres humains sont amenés à faire des comparaisons, à émettre des jugements, à s'affirmer vis-à-vis des autres. La société a un besoin absolu d'imposer ses propres valeurs, de fixer des limites aux prétentions débridées de l'individu. Elle ne peut lui permettre d'agresser les autres membres de la société, surtout ceux qui incarnent ces valeurs.

Quand quelqu'un nous accuse d'être envieux, c'est la société qui parle et nous rappelle que nous voulons du mal à une personne qu'elle apprécie et sur laquelle elle a étendu son bras protecteur. En nous, alors, se font jour des sentiments nouveaux : le sentiment de culpabilité pour avoir éprouvé de l'envie, et la honte d'avoir été découverts.

Mais ce n'est pas tout. Il y a une troisième accusation, une troisième faute. « Que t'a-t-il (ou elle) fait de mal ? » nous demande-t-on. Et nous ne savons que répondre. Parce que l'être que nous envions n'a eu envers nous aucun geste agressif. Il n'a absolument rien « fait ». Notre défaite, notre catastrophe intérieure, n'a pas été causée par une action, une violence, mais purement et simplement par la comparaison que nous avons faite nous-mêmes. En nous comparant, nous nous sommes découverts inférieurs et nous sommes sentis humiliés, honteux. Mais personne ne nous a agressé. L'expérience que nous faisons là est épouvantable : être détruits par un autre sans avoir seulement la possibilité de l'accuser.

La phrase « Que t'a-t-il fait ? » vise à nous condamner. Il (ou elle) ne t'a rien fait de mal, et tu l'agresses. Tu es donc mauvais.

L'envie est, ainsi, un dommage, une atteinte, une blessure, que tu as reçu mais que personne ne t'a infligé. Avec le mot envie, je te dis que cette blessure est un produit de ton imagination, et je te reproche de la ressentir. Si l'autre est plus belle, pourquoi lui en vouloir ? N'es-tu pas restée la même ? Elle ne t'a rien pris. Pourquoi te tourmenter inutilement et, surtout, pourquoi lui en vouloir alors qu'elle n'y est pour rien ?

L'accusation d'envie attaque tous les mouvements de l'âme : le *jugement*, parce qu'elle interdit au sujet de ne pas prétendre attribuer lui-même la valeur, tout en n'acceptant que celle que la société a reconnue ; le *sentiment de diminution*, de peine, quand l'envie est déclarée sans motif, absurde ; et, enfin, l'*agression* : « Que t'a-t-il fait ? » Pourquoi te montres-tu mauvais envers quelqu'un qui ne t'a rien fait ?

Si nous revenons maintenant à notre exemple, nous comprenons mieux le processus émotionnel et intellectuel chez la jeune fille « envieuse ». Elle a fait une comparaison entre elle-même et une autre, une comparaison dont elle est sortie anéantie, honteuse, et qu'elle a voulu abolir par un geste agressif, un refus violent. Mais la société a contesté chacune de ses trois réactions, les a transformées en autant de fautes. La véritable envie, l'envie complète, naît de la rencontre entre l'espérance intérieure et le jugement moral de la société. Elle est, donc, tout à la fois sentiment et jugement, expérience et reproche, passion et condamnation de la passion.

3

Sentiments et mots

Revenons à l'exemple de la jeune fille en larmes, en proie aux tourments de l'envie. Elle a la chance de rencontrer une femme intelligente, qui va s'occuper d'elle. « Il n'y a pas qu'un seul type de beauté », lui dit-elle. « Ton amie a une beauté latine, opulente, voyante, mais elle est un peu grosse. Toi, tu es menue, tu as des traits plus fins. Tu peux acquérir une beauté sophistiquée. Mais il faut soigner ton apparence, t'apprêter, te maquiller. » Et elle lui montre comment s'y prendre, comment bouger, comment mettre son charme en valeur. Elle lui apprend aussi dans quelles conditions, dans quelles ambiances, dans quels milieux elle sera le plus appréciée, car tout le monde n'a pas les mêmes goûts. La jeune fille écoute ces conseils, les suit, se transforme et, en peu de temps, s'aperçoit qu'on l'admire elle aussi, et même plus que l'autre. L'envie ne tarde pas à disparaître. Les deux amies se réconcilient et, cette fois, il n'y a plus de comparaisons désagréables. Chacune est désormais sûre de sa propre valeur.

Dans ce cas, l'envie, passé le premier désarroi, a produit un effet bénéfique. Grâce à elle, la jeune fille a pris conscience d'un problème. L'envie l'a aidée à se trouver elle-même.

Mais les choses auraient pu se passer autrement. Il y a des gens qui, après une expérience de ce genre, renoncent à s'améliorer, cherchent à s'enlaidir, abandonnent la compétition dans ce domaine. Il nous est parfois arrivé à nous-mêmes, en nous comparant à tel ou tel qui avait réussi, de nous sentir battus et sans valeur. C'est comme si un gouffre s'ouvrait sous nos pieds, et ce gouffre n'est autre que nous-mêmes, notre propre nullité. Les bras nous en tombent, nous nous sentons privés de toute force. L'envie ne nous stimule pas, ne nous pousse pas à apprendre, elle nous révèle que, pour nous, il n'y a rien à faire. Comment appeler deux expériences aussi différentes ? Ne faudrait-il pas trouver deux expressions bien distinctes ? Par exemple, envie *compétitive* et envie *dépressive* ?

Voyons un autre cas, tout aussi authentique. Je connais un étudiant qui, très jeune, a fait une carrière fulgurante et s'est hissé au faîte de la notoriété. Il était le premier, admiré et couvert de louanges. Pour son malheur, à un certain moment, l'un de ses collègues a fait une découverte révolutionnaire qui lui a valu un éclatant succès international. Dès cet instant, les médias ne se sont plus intéressés qu'à lui. Et l'autre n'est pas parvenu à s'en faire une raison. Il a commencé à attaquer son collègue devenu concurrent, cherchant tous les moyens de le dénigrer, et sa rancœur envieuse n'a fait que croître, au fil des années, jusqu'à devenir une véritable obsession. Là, il ne s'agit plus d'un accès d'envie, d'une morsure qui ne dure qu'un instant pour disparaître aussitôt, mais d'une rage qui dure la vie entière — et l'empoisonne. C'est l'envie obsessionnelle, l'*obsession envieuse*.

Il est, en revanche, d'autres cas où l'expérience de l'échec, de la non-valeur, n'est pas aussi forte. L'acharnement, la haine envers l'être envié, n'en sont pas moins violents. Certains individus se mettent constamment en compétition avec leurs collègues et font tout pour les déstabiliser, pour détruire leur confiance en eux-mêmes, quitte à entraîner de graves préjudices pour l'entreprise dans laquelle ils travaillent les uns et les autres. Ils prennent moins de plaisir à leur propre réussite qu'à l'échec des autres. C'est l'*envie maligne*.

Il y a aussi les gens arrivés, les vieux qui redoutent la concurrence des jeunes. Ils les regardent de haut mais avec suspicion, prêts à les dénigrer, à les brimer et à leur couper les ailes dès qu'ils émergent du lot et prétendent voler par eux-mêmes. Peut-on parler d'envie dans ce cas? À première vue, non, puisque le vieux possède les biens, la valeur, l'estime, le pouvoir, et que ce serait plutôt au jeune d'être envieux, de se poser la question : « Pourquoi lui et pas moi? » Et pourtant, c'est bel et bien de l'envie. Le vieux veut garder son pouvoir comme l'avare ses richesses. Il a peur de tous ceux qui s'élèvent autour de lui. Et les jeunes ont pour eux le temps, la vie. C'est précisément ce qu'il leur envie. C'est l'*envie avaricieuse*.

L'envie est le sentiment qu'une autre existence est possible mais que cette possibilité est rognée, empêchée, mise en échec, et qu'elle demeure malgré tout. Ou bien qu'elle est encore trop faible, incertaine, titubante, trop peu sûre d'elle-même, faite d'énergies qui ne sont pas encore développées ou commencent à décliner. Non pas en plein épanouissement, car le courant tumultueux de la vie, alors, emporte les obstacles. Non pas, non plus, à l'instant de s'éteindre, car le désir, alors, fait place à la résignation. Ce sera plutôt dans l'adolescence, quand les jeunes garçons et les jeunes filles ne connaissent pas encore leurs possibilités, et espèrent ou renoncent sans raison. Mais aussi à un âge plus avancé, quand nous voyons diminuer nos capacités et notre pouvoir. Ou encore, dans des périodes de notre vie où nous avons le sentiment d'avoir échoué, de nous être trompés, tout en conservant assez de vitalité pour nous reconnaître en ceux qui ont réussi, pour retomber aussitôt dans le malaise et la dépression.

Il existe toutefois une différence profonde entre un organisme en pleine croissance, qui va à la recherche de ses possibilités, et un organisme sur le déclin, qui découvre ses limites. Dans le premier cas, la confrontation fait naître un désir qui peut sembler irréalisable, alors qu'il ne l'est pas, et que le seul fait de l'avoir évoqué nous en rapproche déjà. La morsure de l'envie, dans l'adolescence et dans la jeunesse, est souvent une exploration par l'individu de ses propres désirs et de ses propres possibilités.

Si ce garçon a vraiment en lui la capacité de s'élever, s'il a la vocation, la morsure de l'envie va le réveiller, le rendre conscient de cette capacité. Il éprouve, alors, une langueur douloureuse qui est l'appel et le regret d'une contrée jamais vue et cependant désirée. Il est comme le caneton d'Andersen voyant pour la première fois passer les cygnes magnifiques. Voici que lui, le plus vilain de la couvée, se sent avec eux une mystérieuse affinité, et le regret déchirant d'un destin non accompli.

Même le sentiment amoureux, quand il est sur le point d'éclore, avant même d'avoir trouvé la personne sur laquelle il pourra se fixer, se présente comme une morsure d'envie envers ceux qui sont heureux. Le formidable influx vital qui se trouve sur le point d'exploser entrevoit le bonheur auquel il est destiné à travers un modèle, et souffre de ne pas être comme lui[1].

Quand nous sommes en phase d'essor, de croissance, l'envie ne paralyse pas la volonté, elle ne fait pas renoncer l'individu à ses ambitions, elle ne suscite pas des pensées malfaisantes et mesquines. Au contraire, elle stimule le désir et nous conduit à le reconnaître en nous, à l'accepter, à le vouloir, à nous battre pour lui. Ainsi, elle ne provoque pas un refus craintif de la compétition, mais au contraire elle l'accueille, et en assume les risques sans effroi. Quand elle ne pousse pas l'individu à franchir un pas supplémentaire en faisant naître en lui un intérêt actif pour l'autre personne. Cette forme d'envie nous conduit à rechercher la compagnie de cette personne, nous voulons la connaître mieux, la prendre pour modèle, rivaliser avec elle, devenir son ami. Une envie, donc, qui se transforme en quelque chose d'autre, une envie qui rapproche, une *envie initiatique*.

L'envie est donc une nébuleuse d'expériences affectives, et il nous faudrait toutes ces expressions pour la désigner. Or dans ce domaine, le langage est extrêmement pauvre, quasi absent. C'est tout le contraire de ce qui se passe dans le domaine de l'amour. Les amoureux et les poètes ont forgé, au fil des temps, de merveilleuses métaphores. Même les êtres les plus simples, quand la passion les saisit, manifestent un don d'expression extraordinaire pour « parler d'amour ». Dans le domaine de l'envie, la plupart des expériences n'ont pas de nom. Parce qu'elles ne sont pas dites, avouées, racontées. L'envie est un sentiment aphasique. Et c'est un sentiment honteux. Quelque chose dont nous ne parlons à personne et que nous avons du mal à admettre, fût-ce vis-à-vis de nous-mêmes.

Nous ne sommes prêts à parler de notre envie que dans

les situations où nous espérons nous en débarrasser. Dans le cadre d'une psycho-analyse, par exemple, parce que nous la considérons alors comme un symptôme dont on peut guérir. Dans tous les autres cas, même s'il nous faut l'avouer à un ami intime en qui nous avons la confiance la plus totale, nous sommes profondément inhibés. Nous pouvons décrire notre haine, notre jalousie, nos peurs, nos hontes. Mais pas notre envie. Nous n'avons pas le courage de dire : « Oui, j'envie Untel, je me sens mal chaque fois que j'entends prononcer son nom, je cherche à ne pas y penser mais il revient sans cesse à mon esprit et je me trouve lamentable. » Ce serait pire que nous mettre à nu, ce serait révéler la part la plus mesquine et la plus vulnérable de notre âme. Et il nous semble que, si nous devions en arriver là, notre ami ne nous regarderait plus de la même façon.

Parler de notre envie signifie parler de nos espoirs les plus secrets, de nos rêves les plus intimes et de nos échecs, de notre incapacité, des limites insurmontables que nous rencontrons en nous. Cela signifie parler des injustices dont nous pensons être la victime et que nous n'osons pas avouer parce que nous ne sommes pas certains de bien faire la part de ce qui relève réellement de l'injustice et de ce qui n'est que le fruit de notre incapacité. L'envie nous conduit au centre de nous-mêmes, là où devrait se trouver un trop-plein d'être et où, au contraire, nous découvrons soudain un vide douloureux et de la rancœur.

L'envie parle de notre frivolité, de notre snobisme, des chimères infantiles que nous nourrissons au plus profond de nous-mêmes tout en nous donnant des airs d'adultes raisonnables. Elle parle des mensonges que nous faisons aux autres pour apparaître sous un meilleur jour. Des manœuvres auxquelles nous nous livrons pour nous gagner des complicités. Elle parle de nos ennemis et de ceux que nous essayons d'atteindre alors qu'ils ne nous ont rien fait. L'envie se trouve à la racine de la plupart de nos inimitiés et rend ambiguës un grand nombre de nos amitiés. Elle est la zone obscure dans laquelle notre malveillance parvient à cheminer et à pervertir les plus pures de nos pensées.

L'envie est un sentiment-carrefour, un point de transit auquel on arrive à travers d'autres expériences et duquel on repart vers d'autres sentiments. On peut y parvenir par l'admiration, quand une personne que nous estimons nous traite mal et nous dénie toute reconnaissance. Elle peut, inversement, déboucher sur de l'admiration lorsqu'un adversaire dangereux et envié nous tend la main et reconnaît notre mérite. Elle peut être le moteur d'une émulation féconde ou, au contraire, d'un renoncement stérile. Elle peut prendre la forme d'une inquiétude légère, d'un état de vigilance, aussi bien que d'une rage dévastatrice.

À ce sentiment muet, à ce sentiment aphasique, nous allons chercher à rendre la parole. Pour retrouver les traces cachées de notre malaise, et du malaise que nous provoquons chez les autres. Pour les éclairer, pour les comprendre, pour nous en libérer ou pour nous les faire pardonner.

4

L'envie est une violence illicite

Dans l'envie, lorsque nous observons l'autre, nous nous sentons diminués et, par là même, dégradés, meurtris. On a beau nous dire qu'en réalité, celui-ci ne nous a rien pris, qu'il ne nous a causé aucun dommage. Ce n'est pas vrai. Il a, pour le moins, fait naître un désir que nous n'aurions pas voulu éprouver. Sans lui, nous aurions vécu en paix, satisfaits de ce que nous avions. Mais ce n'est plus possible, parce que celui qui a réussi, qui s'est élevé au-dessus de nous, nous a montré ainsi un sommet à atteindre, un record à battre. Il a instillé dans notre âme, comme un venin, le désir d'atteindre ce sommet, de battre ce record. Au spectacle de son ascension, notre désir de nous hisser à la même hauteur que lui ne fait que s'exaspérer. Nous voulons l'égaler, ou qu'il retombe à notre niveau, voire à nos pieds.

Mais toutes ces considérations ne peuvent être dites, ni criées. L'envieux ne peut reprocher à l'envié de l'avoir humilié par sa présence, par sa réussite. Celui qui s'y laisse aller se rend pathétique et ridicule.

L'envie naît de l'inhibition de la violence, de cette violence qui pourrait se manifester, soudaine et terrible, quand nous découvrons que l'autre a obtenu plus que nous, qu'il nous a dépassé, qu'il nous a battu. Une violence qui se manifeste rageusement chez l'enfant quand celui-ci s'aperçoit qu'on a offert quelque chose à son frère et qu'il n'a rien eu[1]. Une violence qui brille comme un éclair dans l'œil de la femme envieuse à la seconde où elle voit apparaître une rivale plus belle et plus courtisée. Une violence infuse et diffuse, quotidienne, que la société ne peut permettre sans risquer de s'autodétruire, car ce serait provoquer des vengeances à la chaîne que rien ne pourrait plus arrêter[2]. C'est pourquoi elle oblige les individus à refouler leur envie, ou à l'exprimer autrement, de façon détournée. Mais cet interdit lui-même a été interiorisé. C'est ce qu'on nous apprend dès l'enfance. On nous répète que vouloir du mal aux autres sous prétexte qu'ils possèdent plus que nous est une faute, un péché, un vice. Le vice d'envie.

Toute société, pourtant, offre à cette agressivité une possibilité officielle de s'exprimer et de se canaliser. Dans les sociétés guerrières, la colère envieuse suscitée par l'arrivée d'un autre champion est canalisée dans l'institution du défi, du tournoi, du duel. Le nouveau venu doit prouver sa force aux yeux de tous les autres. Ils peuvent libérer sur lui leur agressivité, chercher à le détruire, à le tuer. Et il ne peut se soustraire à leurs assauts. Ces sociétés reconnaissent à ceux qui sont soumis à ce défi le droit de défier à leur tour. Mais ceci se passe dans le cadre d'un système de règles sociales, de façon manifeste. Avec pour résultat l'expulsion ou le meurtre du nouveau venu, ou son insertion à un rang précis de la hiérarchie sociale du groupe.

On assiste à un processus analogue au sein de la communauté sportive. Dans un club de tennis, le nouvel arrivant est immédiatement mis à l'épreuve et trouve ainsi sa place dans la hiérarchie des joueurs. La compétition, la confrontation, dut-elle prendre la forme d'un duel, d'un concours de beauté ou du jugement de Dieu, est toujours une façon de réduire une incertitude fondée sur l'envie. La société établit clairement ses valeurs et ses critères de jugement. Tous doivent s'y soumettre, sans exception. Ainsi est aboli l'univers subjectif, avec ses mille possibilités de combinaisons et de fluctuations des critères de valeur, avec ses doutes, ses erreurs, et ainsi s'impose un ordre objectif.

La société capitaliste, par exemple, fait en sorte que la comparaison génératrice d'envie à laquelle pourrait donner lieu l'origine sociale des individus devienne source d'émulation, de compétition, de concurrence. Elle décerne ses louanges à celui qui tend à s'élever au-dessus de ses origines, qui cherche à surpasser ses concurrents, elle accorde tout son prix à la motivation de la réussite[3]. La société américaine, en particulier, est extrêmement optimiste sur les possibilités de réussite individuelle. Ne reste pas en arrière — dit-elle — tente, et tu réussiras. Il faut néanmoins le faire en respectant les règles du jeu, et quand c'est l'autre qui gagne, reconnaître son mérite et l'applaudir.

Autre domaine où la compétition fait rage : la politique. À ce jeu, en outre, il n'y a pas de quartier : dans le domaine économique, on peut supposer que tous les concurrents gagnent plus, quel que soit leur classement en fin de course. Mais en politique, si quelqu'un prend le pouvoir, c'est qu'un autre le perd. Chaque fois que quelqu'un gagne, quelqu'un d'autre est battu.

L'homme politique, ainsi, est fortement exposé à la comparaison individuelle. Dans les congrès du parti et dans les élections, il est contraint d'assister à sa propre humiliation et au triomphe de son concurrent. Par ailleurs, les critères de la victoire ou de la défaite ne sont pas fixés de manière univoque comme dans une compétition sportive. Entrent en jeu de subtils et compliqués systèmes d'alliances, des promesses non tenues, des actes de corruption. Autant de facteurs qui amènent le politicien à se poser la question cruciale : « Pourquoi a-t-il gagné, lui, et pas moi ? Qu'a-t-il fait pour mériter cette victoire ? Qu'a-t-il de plus que moi en matière d'intelligence, d'habileté, de mérite ? En quoi ses idées sont-elles plus valables que les miennes ? »

C'est le fait d'appartenir à un parti, à un groupe, qui permet au politicien saisi par l'envie d'échapper à un tourment prolongé et inutile. Il n'est pas seul, il est entouré. Dans la défaite, il est soutenu par ses camarades de parti et de courant, qui joignent leurs voix pour apporter une réponse à ses questions angoissées. Le politicien vaincu trouve toujours quelqu'un pour lui dire : « Non, non, tu avais raison ! L'autre est une nullité, mais il a reçu l'aide de Tizo, de Caio, et il a eu de la chance. Les gens ne t'ont pas compris. Mais nous allons nous remettre au travail, et la prochaine fois, ils auront affaire à nous ! »

Quand les règles sociales changent rapidement, on peut assister à une mutation soudaine de l'envie en rivalité ouverte, et vice versa. À l'intérieur des mouvements de masse de type marxiste des années soixante et soixante-dix, de nombreuses situations d'envie se sont transformées en rivalités politiques, pour se fondre dans la lutte des classes. Telle personne, susceptible d'être enviée, se voyait identifiée et classée comme un ennemi de classe, et détestée en tant que capitaliste ou valet du capitalisme.

Puis on a vu se dérouler, à la fin des années soixante-dix, un processus inverse avec le déclin de l'idéologie marxiste qui avait fourni un exutoire idéologique aux sentiments d'envie. Nombre de syndicalistes se sont pris à envier ceux de leurs contemporains qui étaient devenus des dirigeants et des chefs d'entreprise. Nombre d'intellectuels de gauche qui avaient choisi la voie de l'enseignement se sont mis à envier tel ou tel collègue qui s'était enrichi en devenant publiciste ou styliste de mode.

Souvenons-nous de cette étonnante histoire d'envie montrée en direct par la télévision italienne. En 1988, le producteur Gianni Minoli avait offert un large temps d'antenne au critique d'art Zeri. Celui-ci se présentait revêtu d'une longue houppelande et pérorait avec des gestes hiératiques sur ce qu'il jugeait beau, laid, médiocre ou sublime. Le succès obtenu par Zeri avait suscité l'envie chez ses collègues, persuadés d'être aussi bons critiques que lui, mais privés de la formidable caisse de résonance qu'offre la télévision.

Jusqu'au jour où un autre critique d'art, Vittorio Sgarbi, fut invité dans une émission animée par Maurizio Costanzo. Costanzo lui demande ce qu'il pense de Zeri. Et Sgarbi, au lieu de s'en tenir à une attitude «convenable» qui est de mise dans ces circonstances et d'émettre quelques réserves courtoises à l'égard de son collègue, choisit la voie opposée. «Je le déteste, dit-il à l'animateur stupéfait. Je voudrais le voir mort.» Et plus Costanzo insistait pour lui faire modérer ses déclarations, plus il renchérissait en disant que Zeri était une nullité, un incapable, et qu'il le haïssait à mort.

De ce jour date le succès de Sgarbi, qui, depuis, n'a cessé d'être invité à donner son avis sur tout et à éreinter tout le monde. Mais ce jour-là, aussi, a marqué l'apparition d'un nouveau comportement légitimé par la télévision : à la réserve envieuse a succédé l'attaque de front, la déclaration publique d'hostilité.

D'aucuns font une distinction entre la bonne et la mauvaise envie[4]. La bonne envie serait le désir douloureux, déchirant, que nous éprouvons en voyant quelqu'un réussir là où nous rêvons de réussir nous-mêmes, mais sans éprouver de haine à son égard, sans vouloir lui prendre ce qu'il possède. L'autre, dans ce cas, fait surgir notre besoin, puis disparaît du champ psychique et ne nous tourmente plus.

Mais s'agit-il bien d'envie, en l'occurrence? Si la personne qui suscite le désir disparaît, si elle ne nous obsède pas, si nous l'oublions, qui envions-nous alors? L'envie n'a plus d'objet. Pour parler d'envie, il faut que l'autre reste là où il est et continue à stimuler notre désir. L'envié se campe devant nous et nous rappelle notre impuissance. Sa présence est une invite, et un rappel : « C'est beau, c'est bon, c'est bien, mais tu ne l'auras pas ! »

Attention : ce n'est pas son existence qui fait obstacle à notre propre désir. Il se limite à l'évoquer. Mais si ce désir nous fait souffrir, si nous voulons nous en débarrasser, l'oublier, le chasser de notre esprit, nous devons en chasser aussi celui qui nous le rappelle.

L'envié est l'intermédiaire, le médiateur de la tentation. Il n'agit en rien pour susciter le désir en nous, pour nous orienter dans une quelconque direction. Mais il obtient ce résultat par sa seule présence. On ne peut en aucune façon échapper au désir sans se libérer de lui, puisque, simplement par ce qu'il existe, il le génère et génère notre propre souffrance.

En cela, l'envie nous rappelle la frustration amoureuse. Nous désirons désespérément l'objet aimé et ne pouvons l'obtenir. En proie à ce tourment, nous faisons tout pour ne plus penser à lui — ou à elle —, pour le chasser de notre esprit. Quand nous croyons nous en être débarrassés, il réapparaît à l'improviste. Ou bien nous voyons un objet, une photographie qui nous le rappelle, et retombons dans notre souffrance.

Dans l'envie, nous éprouvons quelque chose d'analogue à l'égard de la personne enviée. Non parce que nous la désirons, mais parce qu'elle réveille en nous le violent désir de quelque chose que nous ne pouvons pas avoir. Nous faisons tout pour nous en délivrer, pour ne plus y penser. Mais cette personne nous revient à l'esprit, nous la rencontrons par hasard, quelqu'un nous parle d'elle. Si elle est célèbre, nous la voyons à la télévision, ou dans les journaux. Alors nous nous mettons à médire, nous cherchons à la discréditer. En l'absence de ces sentiments mauvais, on ne peut même pas parler d'envie.

La société ne condamne pas l'agressivité, ne condamne pas les tentatives pour faire mieux que l'autre, pour le battre. Elle condamne seulement les moyens employés pour y parvenir. La société veut que la comparaison obéisse aux règles qu'elle a fixées, elle veut la compétition, elle veut qu'il y ait un vainqueur et un vaincu, et que la hiérarchie soit respectée.

L'envieux ne joue pas le jeu. Battu d'avance, il refuse d'entrer dans l'arène, se soustrait à cette humiliation et s'efforce de déprécier le but de la confrontation, ou l'adversaire. L'envie est un refus des règles de la société. L'envieux se rebelle contre ses valeurs, les conteste. Il se dérobe devant les normes imposées à la compétition et l'obligation qui lui est faite d'applaudir le vainqueur.

Nous ne trouvons rien qui puisse justifier le concept de «bonne» envie. Il ne nous reste qu'une alternative :

qualifier de « bonne » l'envie qui provoque des réactions et des comportements admis et appréciés par la société. Comme dans l'exemple ci-dessus, où une jeune fille, après une phase de dépression envieuse, apprend à se faire belle.

À l'expression de « bonne envie », il convient donc de substituer un autre terme : l'*émulation*. En voyant quelqu'un qui est meilleur que nous dans tel ou tel domaine, ou qui a obtenu de meilleurs résultats, nous éprouvons un profond désir de nous hisser au même niveau que lui et, plutôt que céder au découragement et à la tentation de le dénigrer, nous nous mettons au travail. Nous acceptons ainsi la compétition selon les règles établies par la société. Et, du même coup, nous échappons à l'envie.

5

La morsure d'envie

Même la personne la plus envieuse, celle que l'envie tourmente jusqu'au tréfonds de l'âme, n'éprouve pas ce sentiment de façon permanente. Elle n'envie pas chaque jour, à chaque heure et à chaque minute. Elle n'envie pas chaque fois qu'elle se compare au rival détesté, ni même chaque fois qu'elle le rencontre.

C'est là un trait commun à tous les états psychiques, à toutes les émotions. Ils s'emparent de nous pour une durée déterminée, qui peut être très brève, puis disparaissent, lâchent prise... pour réapparaître bientôt, une fois, puis une autre et une autre encore, comme une suite de contractions. Ou bien ils s'évanouissent pour ne revenir que plusieurs mois plus tard, voire plusieurs années, et quelquefois jamais.

À cette expérience qui peut sembler isolée, ou bien se répéter, à ce *quantum* d'envie, nous donnons le nom de « morsure de l'envie ».

La « morsure de l'envie » est l'envie tout entière. C'est la comparaison, la découverte de sa propre nullité et de sa propre impuissance, c'est la rage et l'agressivité envers l'autre, c'est la conscience d'éprouver de l'envie et la honte qui s'y attache.

Cela peut être une expérience brève, qui ne dure que quelques secondes et parfois moins, le temps d'un clin d'œil. Cela peut être le point de départ ou le point d'arrivée des réactions les plus diverses.

Nous sommes sur notre terrasse, en train de feuilleter un magazine. On y voit les visages souriants et heureux de diverses célébrités du spectacle et de la télévision. Voici les images d'une somptueuse réception organisée à l'occasion de la remise des Oscars. Nous regardons tout cela avec intérêt, mais sans en être spécialement touché. Puis, en tournant une page, nous tombons sur la photographie d'un couple heureux. La femme est une styliste de notre connaissance. Nous savons qu'elle vient d'épouser un industriel du vêtement. Les voici tous deux enlacés, rayonnants de félicité devant l'objectif du photographe. En légende, on nous apprend qu'ils ont obtenu un énorme succès, à Paris, lors des présentations de mode. Et que la belle styliste a été reçue par le président de la république.

Nous connaissons cette dame. Nous la trouvions intelligente, mais pas géniale, belle, mais peu séduisante. Et la voici, soudain, propulsée au firmament des stars de la mode. Et nous ? Nous continuons à faire notre travail quotidien, lequel nous apporte des satisfactions, mais sans aucune perspective de frayer un jour avec les grands de ce monde.

Quelque chose, alors, nous saisit, nous force à nous comparer à elle. Nous désirons ardemment, violemment, avoir le même succès qu'elle. C'est un désir soudain, convulsif, dont la violence nous coupe le souffle. Mais il s'accompagne de la certitude amère que jamais nous n'y parviendrons. La comparaison va plus loin. C'est nous qu'elle met en jeu, notre propre valeur par rapport à la sienne. Nous la tenions pour une personne de peu d'envergure. Nous mesurons maintenant notre erreur. Elle avait bien d'autres ressources. Ou, simplement, le monde distribue ses récompenses d'une façon différente de celle que nous imaginions.

Cette photographie fait voler en éclats notre conception de l'existence, du mérite, de la justice ; à la regarder, nous nous sentons non seulement un perdant, un vaincu, mais aussi un individu pétri d'illusions, un imbécile et un mégalomane, puisque nous nous sommes cru tellement supérieur à ce que nous sommes en réalité.

Dans la morsure d'envie, notre nullité se mesure à la grandeur de l'individu qui a réussi. Nous avons l'impression qu'il a en lui une potentialité mystérieuse, quelque chose de grandiose et de terrible.

Pourtant, simultanément à ces sentiments d'avilissement et d'admiration, se manifeste aussi une révolte spasmodique, une protestation, un non. Cette page de journal nous brûle les mains, nous voudrions la détruire. Ce visage souriant nous met en rage, nous le haïssons, nous voudrions le voir disparaître. Nous voudrions que rien de tout cela ne soit jamais arrivé. Car tout cela nous apparaît comme une monstruosité, une impropriété de l'être. Comme si s'était produite une erreur de la nature dans le déroulement ordonné et logique du réel.

Tout cela survient en un acte unique, une expérience instantanée qui nous éloigne du cours habituel de nos pensées, de l'intensité mesurée et monotone de nos sensations. La morsure de l'envie est une irruption et un choc.

Toutes les comparaisons auxquelles nous nous livrons habituellement sont graduées, mesurées. Un peu mieux, un peu moins bien. Comme dans les notations scolaires, quand Untel obtient neuf, le suivant huit, et ainsi de suite, jusqu'au six, qui n'est pas si mauvais. La comparaison envieuse, au contraire, annule toute graduation. Elle se joue entre le tout et le rien. Comme si n'existaient que deux positions : roi et esclave, sauvé et damné, plein et vide. La morsure d'envie réduit à néant toutes les subtiles hiérarchies, toutes les médiations autour desquelles s'organise notre vie quotidienne. L'envie nous projette hors de l'ordinaire, elle nous met en face d'une autre entité, dans l'absolue solitude d'une comparaison d'essences, et nous en sortons vaincus.

Cette propriété se retrouve dans d'autres émotions fortes, comme la peur et la jalousie. Elles aussi se présentent avec ce caractère de « tout ou rien ». Nous n'éprouvons pas « un peu » de peur, ou « un peu » de jalousie. Quand survient la jalousie, elle est totale : c'est « la morsure de jalousie ». Même chose pour la peur : c'est « l'instant de peur ». Puis l'une comme l'autre passent. Elles reviendront, ou pas. L'intensité de l'émotion dépend de la répétition, parfois subintrante, de ces *quanta* émotifs. Si nous sommes vraiment jaloux, les morsures se succèdent, ne nous laissent pas de répit, et nous commençons à fantasmer et à élaborer des défenses contre elles. Si la peur revient, elle se traduit par des mouvements désordonnés, par la fuite, par la terreur panique.

Il en est de même pour l'envie. Une morsure d'envie ne fait pas l'envie. Il faut pour cela que la morsure se répète, encore et encore; que l'envie s'enrage, entreprenne son travail de sape, de dénigrement. Dès la première morsure, pourtant, les éléments fondamentaux de l'expérience envieuse sont tous présents. La morsure d'envie *est* l'envie, l'envie *tout court*, bien que pure et instantanée. Elle en a la double nature de désir et de refus, d'admiration et de négation.

Comme la peur et la jalousie, l'envie est un sentiment douloureux, que nous ne voudrions pas éprouver, qui s'impose à nous et dont nous cherchons vainement à nous délivrer. C'est à des sentiments de ce type, que nous subissons, dont nous souffrons, que nous donnons le nom de « passions ». Le terme allemand souligne encore plus leur caractère douloureux : *Leidenschaft*, de Leiden, qui signifie la douleur, la souffrance. Ainsi, personne n'est volontairement envieux, personne ne se complaît dans l'envie comme on peut se complaire dans le sentiment d'injustice ou dans le ressentiment.

Il nous faut introduire, à ce stade, ne serait-ce que sommairement, un certain nombre de distinctions entre ces différents sentiments, et plus particulièrement entre l'envie et la jalousie, dont le parler commun fait trop souvent des synonymes. Nombreux, même, sont ceux qui utilisent plus volontiers le mot de jalousie parce qu'il désigne un sentiment mieux toléré, plus facile à pardonner, moins honteux.

La jalousie, en fait, est la réaction émotionnelle que nous manifestons lorsqu'on nous prend une personne aimée sur laquelle, au nom de l'amour, nous pensons avoir des droits. L'épouse est jalouse de la jeune secrétaire parce qu'elle craint que celle-ci exerce une attraction érotique sur son mari, le conquière et le lui enlève. Elle considère cet homme comme « son » mari, et trouve juste, normal, qu'il s'occupe d'elle et ne coure pas après d'autres femmes. Parce que leur contrat de mariage contient, explicitement ou implicitement, une clause de fidélité. Mais aussi, tout simplement, parce que son amour est exclusif, et qu'elle en attend la réciproque.

Nous pouvons même éprouver de la jalousie à l'égard

d'une personne qui ne nous aime pas, mais que nous aimons. Parce que nous comptons sur la force de conviction de notre amour, sur quelque secrète affinité élective appelée à nous réunir, sur l'intuition mystérieuse que cette personne nous est, en réalité, depuis longtemps destinée, et potentiellement nôtre. Le désir amoureux, surtout dans l'amour naissant, s'avance triomphant, comme un monarque, et s'approprie son objet sans l'ombre d'un doute ou d'un scrupule. C'est pourquoi, si l'être aimé ne veut pas de nous, nous avons l'impression qu'on nous a pris quelque chose qui nous était dû. Nous voyons cela comme une erreur, un vol, une tromperie.

Dans la jalousie, on peut distinguer clairement trois protagonistes : celui qui aime, l'objet de cet amour, et le rival. Et le terme de jalousie se réfère aussi bien à l'objet aimé qu'au rival. Parce que notre agressivité peut s'exercer aussi bien contre l'un que contre l'autre. Nous pouvons en vouloir, soit au « traître », soit à celui qui nous l'a enlevé.

Dans l'envie, au contraire, on ne trouve que deux protagonistes. L'envieux et l'envié. Il n'y a pas, sur la scène manifeste, une tierce personne, un objet d'amour disputé, dérobé. Dans l'exemple que nous venons de voir, je suis seul face à la styliste qui a réussi. Je constate qu'elle est arrivée là où j'aurais voulu arriver moi-même, et où j'ai échoué à le faire.

Sur la base de cette définition, les deux sentiments sont nettement distincts, impossibles à confondre. Dans la réalité, il n'en est pas toujours ainsi. Les choses y apparaissent souvent mêlées, parfois indissociables. Prenons un exemple fameux, l'histoire d'Abel et de Caïn que nous raconte la Bible. Dieu, lit-on dans la Bible, « regarda avec bienveillance Abel et son présent, mais ne regarda pas avec bienveillance Caïn et le sien. Et Caïn en fut très irrité, et ses traits furent abattus».

Quel sentiment éprouve Caïn? Abel a du mérite aux yeux du Seigneur. Caïn, qui éprouve le même désir et pensait avoir la même chance et les mêmes droits, n'en a aucun. Nous dirons donc qu'il éprouve un sentiment d'envie, né de la comparaison.

Mais nous pouvons aussi analyser cette situation en termes d'amour. Caïn aimait Dieu et Dieu ne répondait pas à cet amour. Il lui préférait Abel. Abel lui prenait l'amour de Dieu. Le sentiment qu'il en éprouve est donc de la jalousie.

Laquelle de ces deux interprétations est la bonne? Probablement les deux, et peut-être aucune. Nous ne pouvons pas interroger les deux protagonistes, explorer plus intimement les replis de leur âme. D'après les informations dont nous disposons, il pourrait aussi bien s'agir d'autre chose que de l'envie ou de la jalousie : de justice. Du point de vue de Caïn, Dieu, qui symbolise le père, a été injuste. Dans l'amour qu'il dispense à ses fils, dans la reconnaissance qu'il leur accorde, un père a un devoir d'équité. C'est contre cette injustice que Caïn se révolte, et, ne pouvant frapper le père, il frappe son frère.

Il serait parfaitement inutile de se perdre en conjectures pour savoir laquelle de ces interprétations est la plus juste. L'exemple nous permettra simplement de comprendre comment une même situation peut engendrer divers états émotifs, et comment ceux-ci peuvent s'imbriquer. Et aussi comment, dans certains cas, peuvent exister une envie teintée de jalousie ou une jalousie teintée d'envie. Et comment, enfin, elles peuvent parfois fournir le terreau dans lequel s'enracine et se développe un violent sentiment d'injustice.

Nous comprenons mieux, à ce stade, l'utilité du concept de *morsure d'envie*. La morsure n'est pas le sentiment tout entier, qui se déploie avec le temps, s'enrichit, se modifie, se complique. C'est un instant, et ses composants sont plus simples, plus facilement reconnaissables. Dans la morsure de jalousie, l'expérience fondamentale est la soustraction. Il sort avec une autre, il est attiré par une autre, une autre le prend dans ses bras. Je vois le couple, et non l'individu seul. Je le vois, apparaissent à mes yeux leur répugnant, leur indicible amour, leur obscène, bouleversante promiscuité. Certes, je suis anéanti, j'en ai le souffle coupé. Mais de ce vide émerge une colère, une violence qui se retourne contre eux, ou contre lui, ou contre elle, ou contre les deux. C'est un sanglot, mais c'est aussi un hurlement. L'impuissance tend à se traduire en action, en reproche, en accusation, en vengeance.

Dans la *morsure d'envie*, la scène qui apparaît à mes yeux est différente. Une seule personne en occupe le centre. Celle qui a eu quelque chose, qui a gagné, qui possède, qui reçoit les louanges. Comme un roi sur son trône, comme un archange triomphant. Autour d'elle, il y a le monde, la société qui l'admire, qui l'apprécie, la loue, la reconnaît. Et quelque part, dans cette société, je me trouve moi-même, envieux, muet, anéanti, rageur et impuissant. Dans la morsure d'envie, à la différence de ce qui se passe dans la morsure de jalousie, il n'y a pas de hurlement. La protestation est muette, elle vient mourir sur mes lèvres. Nous avons une impression d'injustice, mais nous ne sommes pas sûrs de notre bon droit.

Nous concevons habituellement le désir comme une tension qui cherche à se soulager. Si nous ne parvenons pas à la soulager, nous éprouvons frustration et douleur. Si nous y parvenons, plaisir et joie.

D'où ce corollaire que, plus l'objet de notre amour comptera à nos yeux, plus nous souffrirons de son détachement et plus nous mettrons d'énergie — une énergie pétrie d'anxiété — à éteindre notre désir, à soulager la tension.

Les choses, pourtant, ne se passent pas tout à fait ainsi. Par exemple, lorsque nous sommes amoureux, et même si nous souffrons, nous ne voulons pas perdre notre désir. Parce qu'il est notre énergie vitale, la source de notre état de grâce. Nous ne supportons pas l'idée d'être renvoyés à la médiocrité du quotidien, privés de cet élan sublime vers l'absolu. Nous voulons désirer, nous voulons notre désir. Même s'il ne nous apporte que convulsions, angoisse et souffrance.

Nous éprouvons un plaisir qui ne vient pas de la charge de cette tension, mais de la tension elle-même. Séparés de l'objet de notre amour, nous souffrons, mais nous sommes heureux à l'idée de le revoir bientôt. Dans l'intervalle, toutes nos pensées vont vers lui. Nous désirons, nous pleurons, nous rions, nous nous imaginons entre ses bras, au comble de la joie. L'attente est un va-et-vient ininterrompu entre le tourment et la béatitude.

Même le plaisir de la compétition sportive ne réside pas dans la charge de la tension, mais dans la tension elle-même[1].

Et il dépend du fait que l'issue du combat est incertaine. Tantôt, c'est l'un des adversaires qui semble devoir gagner, tantôt c'est l'autre. La compétition est d'autant plus intéressante qu'ils luttent avec plus d'acharnement, que leurs forces semblent égales et que rien ne permet de prévoir l'issue jusqu'au tout dernier moment. Cette tension est celle de la bataille proprement dite, et aussi celle de l'acte sexuel.

Quand le désir se sent tout près de se satisfaire, il s'y ajoute toujours ce plaisir de l'anticipation. De même, la haine comme la vengeance sont, dans une large mesure, anticipation et plaisir de l'anticipation. Ne dit-on pas de la vengeance qu'elle est un plat qui se mange froid ? Tel n'est pas le cas de la colère, qui se déchaîne dans le tumulte de l'instant. La vengeance sait attendre, elle projette, elle calcule. Et peu lui importe le temps qu'il lui faut attendre, car elle savoure son plaisir à chaque instant qui passe.

Dans l'envie, au contraire, le désir ne supporte pas sa propre tension. Nous désirons ceci ou cela parce que l'autre l'a obtenu, et notre désir est souffrance. Nous luttons contre ce désir, nous cherchons à nous en débarrasser. Nous voudrions ne plus penser, ne plus sentir, ne plus voir.

L'envie, en cela, ressemble à la jalousie rétrospective. Il y a une jalousie actuelle, une jalousie du présent, qui devient colère, violence. Mais il y a aussi une jalousie du passé, qui ne peut déboucher sur aucune action et qui nous tourmente, nous mine, comme l'expérience envieuse.

Je me souviens d'un couple profondément amoureux. Ils étaient l'un et l'autre de grands artistes, des êtres d'exception. Lui avait cinquante ans, elle trente-cinq. Elle avait connu, très jeune, une formidable réussite après avoir été lancée par un metteur en scène célèbre dont elle avait été la maîtresse pendant plusieurs années. Après l'avoir découverte, l'avoir formée, lui avoir révélé son talent, il lui avait appris à jouer, l'avait initiée à l'amour, lui avait révélé son propre corps, sa propre sexualité. Puis ils s'étaient séparés. Parce que cet homme était un Don Juan, un séducteur invétéré qui ne cessait de la tromper.

Et, après de longues années de solitude, elle s'était mariée et vivait heureuse et sereine auprès de son époux.

Mais celui-ci était hanté par le passé de sa femme. Il s'assombrissait dès que, au hasard d'une conversation, il l'entendait prononcer le nom de l'autre. Il aurait voulu être celui qui l'avait découverte, qui l'avait faite s'épanouir, qui avait vécu avec elle la splendeur de ses jeunes années, qui lui avait appris l'amour. Mais il n'était que le deuxième, et il ne pouvait rien changer à ce que le temps avait scellé, ce «cela fut» dont parle Nietzsche, sur quoi la vengeance s'acharne et enrage en pure perte.

Le désir envieux se heurte à une barrière analogue, tout aussi insurmontable, et ne supporte pas la tension car il se sait dans l'incapacité de se réaliser. Mais il ne parvient pas non plus à se taire, à se transformer en renoncement serein et résolu. Il reste ainsi, à mi-chemin, un désir qui n'a pas assez de force pour devenir action, mais qui en a assez pour ne pas se laisser abolir.

6

Admiration et envie

Quel rapport y a-t-il entre l'envie et l'admiration ? Se pourrait-il que l'envie soit une admiration masquée, refusée ? L'envieux admire l'envié, il voudrait être comme lui, se trouver à sa place. Il est sous son charme tel un amoureux déçu, trahi. Son esprit, comme hypnotisé, le cherche sans cesse puis, l'ayant trouvé, bat aussitôt en retraite, s'efforce de l'oublier et n'y parvient pas. N'y a-t-il pas là tous les signes d'une expérience d'amour et d'identification refusée, repoussée ?

Ces observations sont à la base de l'une des plus séduisantes théories de l'envie, exposée par René Girard [1], pour qui ce sentiment naîtrait immédiatement et spontanément de l'admiration et de l'amour. Voici comment : lorsque nous aimons et admirons quelqu'un, lorsque nous nous identifions à cet individu, nous faisons partie de sa vie, de ses expériences, nous éprouvons ses désirs mêmes. Nous sommes, en substance, comme lui. Mais, étant comme lui, nous voulons tout ce qu'il veut, de la même façon que lui.

Nous avons déjà vu comment nous apprenons nos désirs. C'est un processus complexe, qui se déroule tout au long de l'existence. D'après Girard, le processus par lequel nous apprenons le désir est, au contraire, instantané, et coïncide avec l'identification. Plus l'identification est forte, plus nous prenons l'autre pour modèle, plus nous devenons son double, plus nous sommes prêts à l'affronter pour posséder le même objet.

Si l'objet de cette identification, le modèle, est lointain, s'il s'agit par exemple d'une célébrité du sport ou du spectacle, d'un chef charismatique ou encore, comme dans l'exemple de Don Quichotte, d'un personnage imaginaire comme Amadilge de Gaule, nous n'entrerons pas en conflit avec lui. Si, au contraire, ce modèle est proche, s'il entretient un rapport concret avec nous, s'il désire des choses que, à travers lui, nous apprenons à désirer nous-mêmes, l'affrontement, alors, devient inévitable. Nous entrons en compétition avec lui pour le même objet, pour le même but, pour la même valeur. Et nous entrons en compétition parce que nous avons modelé ce désir sur le sien, jusque dans ses plus infimes détails. S'il désire quelque chose de manière exclusive, nous la désirons à notre tour de manière exclusive, précisément parce qu'il la désire.

Imaginons deux garçons, deux amis, qui ont de l'affection l'un pour l'autre et qui se sont identifiés l'un à l'autre. Survient une jolie fille. L'un d'eux, séduit, commence à la courtiser. L'autre, justement parce qu'il s'est identifié à son ami, est à son tour porté à la désirer — il est pour ainsi dire guidé, orienté par ce désir. Seul, il ne lui aurait peut-être pas accordé un regard. Mais elle lui a été désignée comme objet de valeur, et il la veut à son tour. Ainsi se déclenche un processus circulaire de renforcement du désir, ainsi la jeune fille devient-elle l'enjeu d'une compétition acharnée.

Quelle théorie séduisante, n'est-ce pas ? C'est pourtant

un peu trop simple. En fait, nous apprenons nos désirs, soit à travers l'identification, soit à travers l'indication[2]. Nous les portons aussi en nous comme aspirations, modèles idéaux. Lorsque, dans une situation d'envie, nous ressentons le désir d'avoir ce que l'autre possède, cela ne fait, souvent, que nous révéler quelque chose que nous désirions déjà.

Il n'y aurait donc aucun rapport entre l'admiration et l'envie ? Non pas, il y en a certainement un. Mais c'est un rapport d'opposition et d'exclusion.

Afin de déblayer le terrain, commençons par observer que, contrairement à la théorie de Girard, il existe des formes d'amour et d'identification libres de toute envie. Par exemple, l'amour des parents pour leurs enfants, l'amour naissant, l'amitié, mais aussi la relation aux stars, et aux chefs charismatiques[3].

Les jeunes filles éprouvent pour leur chanteur ou leur champion préféré un sentiment de chaude sympathie, d'intense admiration. C'est une véritable identification. Le sujet envahit l'objet, prend part à ses joies et à ses douleurs, à sa grandeur, à sa gloire, à son exceptionalité.

Dans cette relation, le sujet ne s'oppose pas à son objet d'identification, ne l'affronte pas. Il est totalement avec lui, de son côté, il s'enrichit à travers lui. Il ne se compare pas à lui, ne songe pas à posséder quelque chose en propre, une valeur distincte de celle de l'autre. Si quelqu'un l'amène à se comparer, il affirme ne rien valoir face à celui qui, à ses yeux, vaut tout, mais il n'en souffre nullement, il est même heureux ainsi.

Le jeune fan d'Elvis Presley, de Joan Baez, de Prince ou de Madonna, est conscient de l'infinie distance qui le sépare de son idole. Ce sont là des êtres supérieurs, merveilleux. Bien que tout petit face à eux, il se sent enrichi.

Un rapport analogue s'établit entre le chef charismatique et ses disciples. Le chef est infiniment plus intelligent, plus courageux, plus méritant qu'eux. Ils l'aiment, l'admirent comme on aime et admire lorsqu'on est amoureux. La relation au chef, la proximité du chef sont une source de joie et un moyen de s'élever. Le chef est une porte, une voie pour se dépasser soi-même et s'approcher des valeurs absolues, de la perfection.

Ce type de relation se caractérise par une énergie ascensionnelle qui tend vers le modèle comme vers une perfection. Le sujet, quand il pense à son modèle, se sent enrichi par cet apport d'énergie. En s'identifiant à lui, il participe de cette force, il parvient à s'insérer dans le flux positif qui l'entraîne.

Cette énergie correspond, dans une large mesure, à ce que les Grecs nommaient l'*eros*[4]. L'attraction universelle qui tire toute chose vers ce qui est plus élevé et plus parfait, vers le modèle suprême, la divinité. Dans le monde grec, l'amour est un mouvement qui va de ce qui est inférieur, l'amant, vers ce qui est supérieur, l'être aimé. Le vide, de même, va vers le plein, l'ignorance vers le savoir et vers la vertu.

Dans cet univers, il n'y a pas place pour l'envie. Toute différence déclenche le désir d'être comme l'autre, de s'élever jusqu'à lui. On peut aussi imaginer une foule de gens lancés dans une course pour s'approcher de leur modèle commun, tous attirés par sa perfection.

L'envie n'est pas la continuation de ce mouvement. Elle est son interruption, son inversion. L'envie naît d'une catastrophe du mouvement ascensionnel, d'une catastrophe de l'eros.

Il n'y a aucune raison interne pour que l'admiration adorante se transforme en rivalité envieuse. Les jeunes gens peuvent continuer à admirer leur idole, ou l'abandonner pour une autre. Comme ils peuvent éprouver à de nombreuses reprises le sentiment de l'amitié, ou de violentes passions érotiques sans qu'on y trouve jamais la moindre trace d'envie.

L'envie peut, en revanche, se manifester obstinément sur les bancs de l'école à l'égard de quelqu'un qui réussit mieux qu'eux — le premier de la classe, qu'ils n'aiment pas particulièrement. Ils sont certes attirés, admiratifs, mais ce rapport est qualitativement distinct du précédent, je dirai même opposé.

Alors que le succès et la richesse de son idole préférée enrichissent le jeune garçon, le succès du premier de la classe le bloque. Alors que l'excellence de l'idole le comble, celle de son camarade de classe le vide. Lorsqu'il se livre à une comparaison et constate que l'individu dont il a fait son idole lui est infiniment supérieur, il en est heureux; lorsqu'il se compare à son camarade de classe, il est anéanti. Parce qu'il se sépare de lui, parce qu'il est forcé de s'occuper de lui-même, de se mettre lui-même au premier plan, de se choisir lui-même à sa place.

Dans la comparaison avec l'idole, son être envahit l'autre, se reconnaît dans la plénitude d'un autre être. Et, en idéalisant l'idole, il s'enrichit lui-même puisqu'il n'y a pas de séparation. Il n'est pas confronté à ce moi, obligé de conquérir son droit à l'existence et la reconnaissance de sa valeur. La relation à l'idole est la continuation ou la réplique de la relation à la mère et au père, à la famille, au groupe. Objets d'amour et d'identification absorbante. Grands objets d'amour et de valeur dans lesquels le jeune garçon trouve son propre sens et sa propre valeur. Si leur force s'accroît, la sienne s'accroît aussi, car il est en eux, à l'intérieur, il fait partie de ce qui les constitue.

Dans l'envie, au contraire, cette relation s'effondre, elle est impossible, comme barrée. L'envie apparaît avec la séparation entre nous et l'autre. Quand personne ne peut plus prendre notre place et nous y inclure. Tant que ceci est possible, tant qu'existe un grand objet d'amour et d'identification à l'intérieur duquel et à travers lequel nous puisons la substance de notre être, notre valeur, l'envie n'est pas possible. Elle se manifeste là où s'interrompt cette participation. Elle est ainsi l'expression de la sécession de l'individu, voire de sa déjection, de son expulsion, qui fait de lui une entité isolée errant désespérément à la recherche de sa substance, de son être profond, de sa valeur. Dans l'autre, désormais, il ne trouve plus la porte, le passage vers une entité autosuffisante et autofondatrice capable de l'inviter et de l'accueillir, mais l'indication d'une limite. L'autre lui indique l'impossibilité absolue d'accéder à un niveau de valeur qui s'étend au-delà de cette limite comme une région à jamais interdite. L'autre en fait partie, il est de la même substance, il participe de ce monde de valeurs, mais il est aussi la barrière qui condamne le sujet à rester en deçà de la fracture, de la muraille dressée entre lui et ce monde.

L'expérience de l'envie est ainsi le vécu d'une perte essentielle et la découverte angoissée et intolérable d'un moi séparé et privé de valeur. D'un moi en exil, condamné à une attente sans espoir devant la porte fermée de l'être.

À travers l'expérience de l'envie, le sujet comprend que rien ne lui sera plus donné, que tout devra être obtenu, mendié ou conquis. Car cette porte pourra s'ouvrir à nouveau, mais sera toujours une frontière gardée et surveillée, prête à se refermer selon des lois inconnues, complexes et incontournables qu'il lui faudra déchiffrer. Et il découvre qu'il lui faudra aussi dépendre, pour se fonder lui-même, de l'arbitraire d'autrui, de ses jugements impitoyables.

7

Envie et connaissance

Quand nous envions quelqu'un, nous pensons à lui, nous nous mettons idéalement à sa place, nous désirons les mêmes choses que lui. Ce que cette personne possède stimule en nous le même désir. Peut-on, alors, dire que nous nous identifions à cette personne ?

Non. Il ne s'agit pas d'un rapport d'identification. Quand j'envie quelqu'un, je ne modèle pas mes désirs sur les siens et je ne m'y intéresse absolument pas. J'observe ce qu'il a et ce qu'il n'a pas. Ce ne sont pas ses états d'âme qui m'intéressent, mais ses résultats, son pouvoir.

Supposons que la personne que j'envie réussisse à satisfaire tous ses désirs. La voici rassasiée, elle ne veut plus rien. Mon propre désir va-t-il s'éteindre pour autant ? Absolument pas, fut-ce en rêve. Je continue à désirer comme avant, et même plus qu'avant. Supposons que, au contraire, elle perde tout. La voici maintenant bouleversée, désespérée. Et, pour un certain temps, désorientée, sans la force de réagir. Si je m'étais identifié à elle, je devrais prendre part à sa peine. Cesser de l'envier. Or, il n'en est rien. Je suis, même, ravi qu'elle ait tout perdu. Sa ruine m'emplit de joie.

Force m'est d'en conclure que la relation spécifique

envieux-envié ne procède pas de l'identification. C'est tout au plus une fracture entre moi et l'autre, un détachement qui m'empêche de partager ses joies comme ses souffrances. Quant à mes désirs, ce n'est pas des siens que je les apprends. Ce ne sont pas ses désirs qui me désignent l'objet, mais ses résultats.

La clé de voûte de l'envie n'est pas une quelconque entité concrète, mais l'insupportabilité d'une différence. Une différence d'être. Je souffre en moi-même d'une carence d'être, d'une carence qu'évoque sa présence.

Le moteur de l'envie n'est pas le désir de l'autre, mais la supériorité de l'autre, la valeur de l'autre. Si nous envions, c'est bien parce que nous apprécions la valeur ! Les enfants envient ceux qui sont plus forts qu'eux. Les adolescents ressentent la morsure d'envie en présence de ceux qui incarnent telle ou telle valeur. L'envieux adore la valeur, adore la quantité d'être qu'il perçoit chez l'autre et non chez lui-même. L'envie nous fait vivre l'expérience métaphysique de notre propre inconsistance face à une consistance qui apparaît chez l'autre, en notre présence, d'une nature quasi divine.

Là, Girard a raison. L'envieux tend à diviniser l'objet de son envie, à en faire une idole. Proust, l'auteur qui a le plus analysé l'envie, décrit avec une grande clarté ce processus de transfiguration. Le milieu aristocratique des Guermantes, dans lequel le héros aspire à être admis, lui apparaît comme un paradis. Il ne comprend pas que la vie y est la même que dans n'importe quel autre milieu. Que là aussi les gens s'ennuient. Tout cela lui apparaît idéalisé par le désir envieux.

L'envieux continue à envier quand l'envié est mort. Il souffre de l'admiration, du respect, de la vénération que la communauté porte à la mémoire de celui-ci. Il est mort, mais son nom est encore sur toutes les lèvres. Dans le film *Amadeus*, Salieri continue à envier Mozart après sa mort, parce que sa musique vit et triomphe après lui.

En réalité, l'envieux ne voit pas l'autre, ne sait pas ce que l'autre pense, ressent, désire. Il ne comprend pas sa souffrance, ignore les angoisses, les combats, les désillusions, les défis, les découragements et les accès de lassitude par lesquels l'autre a dû passer pour atteindre son but. Il nie tout cela. Dans son aveuglement, il ne voit — si l'on peut dire — que lui : lui à la place de l'autre, possédant ce que l'autre possède, obtenant la reconnaissance dont l'autre est l'objet de la part de l'entourage, du groupe, de la société. Il ne voit qu'un moi, enrichi de quelque chose qui appartient à l'autre — de quelque chose de plus. L'envie, ainsi, n'est pas un moyen de connaissance, elle n'est pas une mise en commun des expériences. Elle est, au contraire, un obstacle, un empêchement de la connaissance, un refus.

La découverte, la révélation d'une supériorité, d'une valeur de l'autre, devrait produire eros, admiration, amour. Et, donc, désir d'un contact plus intime, désir de participer, de savoir. Dans la morsure d'envie, ce mouvement se bloque. L'expérience de l'extraordinaire, du divin, se change instantanément en une violente répulsion.

L'envie porte en soi une dualité qui nous rappelle l'ambiguïté du sacré. D'un côté le *fascinans*, et de l'autre le *tremendum*, l'horripilant, le démoniaque, le satanique[1].

Il convient peut-être d'utiliser l'expression freudienne d'« ambivalence » pour désigner cette ambiguïté de comportement originelle. Mais ce qui caractérise l'envie est la prévalence du moment négatif de l'ambivalence, la disparition subite de l'eros. Et cette disparition de l'eros rend impossible la connaissance. L'envieux ne supporte pas de voir ou d'entendre parler de l'objet de son envie. Il ne veut rien savoir de lui. Il lui suffit de quelque information superficielle pour se mettre, lui, à parler, à dire, à expliquer. L'envie ne cherche pas, elle affirme. Elle n'écoute pas, elle murmure. Elle ne va pas vers l'objet, elle s'en défend, le repousse, comme éblouie par l'éclat qu'elle a entrevu et dont elle est restée troublée. Quand elle y repense, quand elle est obligée de l'entrevoir une nouvelle fois, quand, à son corps défendant, elle le voit réapparaître devant elle, elle fuit, se dérobe. Et pourtant, elle ne peut s'empêcher de le voir, d'en être troublée. Ainsi se présente la transfiguration envieuse : non pas une transfiguration cognitive comme dans l'amour, une révélation extatique de l'objet dans tous ses détails, mais la vision fugitive d'un *tremendum* aussitôt suivi de l'exorcisme, du « vade retro Satana ! ».

Quand nous découvrons que quelqu'un a de la valeur, que quelqu'un a écrit, a dit, a fait quelque chose qui pourrait avoir du prix, nous nous hâtons de le nier, de le repousser. Nous ne voulons pas voir, nous ne voulons pas savoir.

Nous sélectionnons les stimuli qui nous parviennent. Nous excluons du champ perceptif ou du champ de l'attention ce qui n'est pas important sur le moment[2]. La sélection envieuse opère un travail analogue sur ce qui a la propriété de s'imposer à nous comme chargé de valeur, comme beau, comme méritoire, digne d'admiration et d'éloge.

L'envie n'est pas la seule cause de ce refus appliqué à des choses que nous pourrions comprendre ou apprécier. Une personne religieuse se sent blessée par une œuvre d'art qui offense ses sentiments. Ou par le travail d'un philosophe qui mésestime sa foi. Tout groupe socioculturel défend ses préjugés et ses convictions en refusant les stimuli qui les remettent en question.

À partir de quand ce processus sélectif peut-il être considéré comme envieux ? Quand il ne constitue pas une menace à notre foi, mais quand il nous menace nous-mêmes, notre valeur personnelle. Dans le refus envieux, le moi est toujours présent, il y a toujours une comparaison qui le met en crise. L'envie, ainsi, est toujours — entre autres — une affirmation du moi.

Quand l'envie s'empare de nous, nous devenons incapables d'apprécier les propositions de valeurs qui nous viennent d'autrui. Nous réfutons toutes les idées plus brillantes que les nôtres, nous décrions les œuvres d'art les plus sublimes, nous traitons par le mépris les découvertes les plus révolutionnaires. Dans un monde de purs envieux, plus personne n'apprend quoi que ce soit, personne ne se résout à admettre la supériorité d'une pensée, d'une technique. Chacun parle seul pour s'affirmer lui-même, et n'écoute les autres que pour savoir comment se valoriser lui-même.

Ce monde imaginaire de purs envieux est la transcription, au niveau de la communication, de l'état de nature décrit par Hobbes, dans lequel l'homme est un « homini lupus », et où tous luttent contre tous.

Et l'on peut appliquer à l'envie le schéma que Hobbes applique à la politique, à l'État[3]. Si tous luttent contre tous, chacun se sent en danger et, pour en sortir, renonce à ses droits en faveur d'un tiers, le souverain. C'est ce qui se passe également avec l'envie. Pour que la communication soit possible, l'envie doit cesser devant quelqu'un, peu importe qui, quelqu'un que tous admirent, que tous écoutent : un souverain de la valeur. C'est en lui, alors, que tous pourront se reconnaître, et communiquer.

L'envie m'empêche de comprendre mon voisin et de saisir la profondeur de sa pensée. L'envie me ferme les yeux[4] et me bouche les oreilles. Aussi, quand j'élimine l'envie — comme je peux le faire avec le souverain, le leader, le maître — je redeviens enfin capable de voir, d'écouter et de comprendre ce qu'il dit, quoi qu'il dise. Et, avec moi, tous les autres. Le maximum absolu de la souveraineté de Dieu, la source absolue de la valeur est le Livre Saint. L'humanité, pendant des millénaires, a pu communiquer grâce au même livre sacré, en retrouvant en lui toutes les idées, tous les problèmes et toutes les solutions. Sans la Bible, les Évangiles, le Coran, la communication entre des millions d'individus appartenant à des peuples différents n'aurait pas été possible. Seul un livre indiscutable pouvait soustraire les hommes à la tentation de la différenciation orgueilleuse, du refus de comprendre ce que dit l'autre. Et, par la médiation de ces textes sacrés, les hommes ont pu parler à leur prochain, mettre en commun leurs espérances, leurs craintes, leurs attentes.

Le souverain, le leader (et Dieu est le souverain suprême, par antonomase) est donc le vecteur de la communication. Toute communication entre deux pairs passe par lui. Comme les communications téléphoniques passent par un central ou un satellite placé au-dessus des interlocuteurs.

L'histoire a vu se succéder des périodes de rupture, d'éclatement culturel, et des périodes d'unification. Cette unification a parfois été le produit d'une union politique, et parfois non. Le monde grec, à l'époque de la polis, était unifié culturellement et divisé politiquement. L'empire Romain était politiquement unifié, mais il ne s'agissait pas d'une unité profonde d'un point de vue philosophique et religieux. L'unification culturelle se fera par la suite, avec le christianisme.

L'Islam a joué le même rôle dans la vaste zone géographique qui s'étend de l'Atlantique au subcontinent indien. En Chine, l'unité a été assurée par l'empire sur le plan politique et par le confucianisme et le taoïsme sur le plan culturel.

À l'intérieur de ces grandes unités culturelles, au fil des siècles, sont apparues des fractures, des écoles de pensée, de grands courants d'unification.

L'histoire des idées, le plus souvent, étudie ces processus comme des croyances occupées à se défendre. En réalité, les grands courants culturels sont toujours l'expression de mouvements sociaux qui mobilisent des milliers d'individus, avec une organisation qui leur est propre, une hiérarchie. Au Moyen Age, par exemple, la philosophie augustinienne a trouvé sa base sociale dans le mouvement franciscain, alors que l'aristotélisme s'est enraciné dans le mouvement dominicain et, ensuite, dans le mouvement jésuite. L'orthodoxie philosophique a toujours été garantie par la solidarité sociale, par la puissance organisatrice, par la « souveraineté » de l'ordre.

À une autre époque, quand nous évoquons l'illuminisme et les Philosophes français, nous imaginons une foule d'individus découvrant soudain qu'ils partagent les mêmes idées. Mais il y avait derrière eux, en réalité, la maçonnerie, un grand mouvement collectif fondé sur une discipline, des procédures initiatiques et une formidable organisation[5].

Sigmund Freud, pour faire connaître et affirmer sa psychanalyse, a dû créer une association, la Société Psychoanalytique Internationale, qui a fait preuve d'une extraordinaire capacité d'entraînement. Grâce à elle, il y a eu pendant de nombreuses décennies une pensée freudienne orthodoxe et une autre hérétique, avec tout ce que cela comporte de conversions et d'excommunications.

Michel Foucault a soutenu la thèse selon laquelle les modes de pensée dominants d'une époque historique (les épistèmes) se forment et se dissolvent sans aucun motif par sauts épistémologiques[6]. En réalité, les idées et les concepts sont le produit de forces sociales et culturelles organisées, et s'évanouissent avec leur déclin. Ainsi, toutes les croyances sur la nation, la patrie et la mission des peuples sont liées à la formation des mouvements nationaux du dix-neuvième siècle. Les mythes de la race et du sang ont été l'expression des mouvements fascistes et ont disparu avec leur défaite. Mais il aura fallu une guerre mondiale pour en venir à bout.

Il y a peu de temps encore, une bonne partie des intellectuels européens étaient marxistes, ou sympathisants du marxisme. Mais même cet épistème avait pour base organisatrice le grand bloc des partis communistes placés sous l'hégémonie de l'Union Soviétique. Le versant social, la contrepartie sociale de la philosophie marxiste, était constitué par la Troisième Internationale, l'organisation, la bureaucratie, l'armée Rouge, le KGB, le goulag. Ce dispositif de pouvoir, à la fin des années soixante-dix, était parvenu à exercer son hégémonie sur les mouvements de jeunesse européens et, dans un certain nombre de pays comme l'Italie, les syndicats, une large partie du monde académique et de la presse. De très nombreux journalistes, professeurs, chercheurs en sciences humaines, étudiants, parlaient et pensaient en termes de bourgeoisie, de prolétariat, de lutte des classes, d'aliénation, autrement dit selon les catégories spécifiques de la réflexion marxiste. Cet épistème a connu un brusque déclin avec la crise mondiale du marxisme avant de disparaître avec l'effondrement de l'URSS et de son empire.

Les individus communiquent, s'entendent, comprennent ce que leur disent les autres quand ces autres font partie d'une collectivité, d'un champ de solidarité organisé qui s'institutionnalise et produit une structure de pouvoir et de contrôle. L'institution une fois stabilisée, tout individu agissant en son sein est pris dans les limites rigides — la cage — de l'orthodoxie.

Quand ce champ de solidarité se décompose, ses fragments s'éloignent les uns des autres et les langages divergent, deviennent intraduisibles. Les groupes et les individus s'affrontent et chacun cherche à affirmer son propre point de vue, sa propre vision du monde. Mais il en résulte un tohu-bohu de clameurs confuses dans lequel les mots, au lieu d'unir, ne font qu'accroître la division.

L'envie, comme nous l'avons vu, est une révolte contre la société, un défi à ses valeurs. Tant que la société est forte, elle parvient à relever le défi, à fixer énergiquement les règles auxquelles tous doivent croire et se plier. Mais quand la société s'affaiblit, tout devient contestable, chacun peut s'ériger en juge et, en même temps, prétendre à la valeur, à l'admiration.

C'est alors le triomphe de l'envie. Dans les congrès et dans les réunions, le politique, l'intellectuel, le chercheur n'écoutent plus l'autre pour le comprendre, mais seulement pour se défendre de lui, pour affirmer face à lui et contre lui leur propre valeur. L'individu ne souhaite plus apprendre, il veut seulement contester, réfuter, refuser.

Le déferlement de l'envie est ainsi un symptôme de la désagrégation sociale, l'indication que l'individu perd ses racines, le signe de sa solitude.

La culture, dans les époques de désagrégation, se recompose en îlots, comme dans un régime féodal. Apparaissent alors une multitude de fiefs, de petits États isolés les uns des autres, chacun avec son seigneur, son gourou, son maître. Les sujets, les disciples, les élèves utilisent ses textes et ses discours pour communiquer entre eux. Mais leur adhésion ne dépasse pas les confins de ce territoire. Au-delà règnent l'incompréhension et tous les syncrétismes imaginables — au-delà, c'est la confusion des mots, le capharnaüm de la communication, la babélisation du sens.

8

Qui envions-nous ?

Nous ne réfléchissons pas souvent au fait que nos désirs, même les plus intimes, sont appris. Ils sont à nos yeux la part la plus innée et la plus spontanée de notre être. Comme s'ils surgissaient, sans cause, de notre individualité. Mais nous les apprenons des autres, dès notre prime enfance puis, tout au long de notre vie, à travers deux mécanismes fondamentaux : l'identification et l'indication.

Nous voyons le mécanisme de l'identification à l'œuvre chez les tout petits. Imaginons deux gamins, deux frères. Nous donnons un jouet à l'un d'eux. L'autre, presque aussitôt, cherchera à s'en emparer ou en désirera un identique. C'est l'objet aux mains de l'autre qui suscite son désir. Il se met idéalement à sa place et désire être comme lui, faire la même chose que lui, posséder ce qu'il possède.

Le deuxième mécanisme est celui de l'indication. Ce sont nos parents, nos maîtres, la télévision, les autres personnages importants qui nous indiquent ce qui a de la valeur, ce qui compte, ce qu'on doit désirer et ce qu'on doit, au contraire, éviter.

On est toujours en présence d'un double processus.

D'un côté, on nous indique ce que nous devons vouloir et de l'autre, ce que nous devons éviter.

Toute la psychanalyse s'est occupée essentiellement des objectifs prohibés, inhibés par la société. Le petit enfant, dans les premières années de son existence, apprend que certaines choses sont bonnes, approuvées et appréciées par tous, et d'autres, au contraire, mauvaises, malfaisantes, vilaines. Le dépôt formé par ces prohibitions de l'enfance constitue le surmoi et produit, dans la vie adulte, des sentiments de culpabilité angoissés et sans motif apparent.

Le processus d'apprentissage de ce qui est socialement prohibé se poursuit au-delà de l'enfance. À un certain moment, les ordres explicites et les interdits manifestes disparaissent. C'est alors nous-mêmes qui, placés devant la possibilité de faire du mal à ceux que nous aimons, nous imposons des limites, jugeons et freinons nos désirs. Si nous violons ces limites, nous en éprouvons un fort sentiment de culpabilité.

Si, à l'inverse, l'inhibition de ces désirs dépend du contrôle social, c'est la honte qui nous retient. Nous ne voulons pas être surpris à faire quelque chose de prohibé, comme un enfant surpris la main dans le pot de confiture.

Vient ensuite la foule des désirs auxquels nous apprenons à renoncer parce qu'ils sont au-delà de nos possibilités. Certains nous sont enseignés au cours de l'enfance et nous en apprenons d'autres par la suite, souvent à travers des tentatives et des erreurs.

Parmi ces désirs et ces aspirations, il en est de nombreux auxquels nous ne renonçons qu'avec peine, après les avoir longtemps caressés et cultivés dans notre cœur avec l'espoir de les satisfaire un jour. Ils ont été pour nous des chimères, des fantasmes, des rêves éveillés, de ces rêveries qui vous visitent dans un demi-sommeil, ou pendant la nuit quand vous ne parvenez pas à dormir. Nous en avons vécu d'autres par personnes interposées, en nous identifiant à tel ou tel héros de film ou de roman dont nous avons, par la magie de l'art, partagé les aventures et les joies. Et il y a, aussi, ceux que nous avons éprouvés en lisant l'histoire des grands personnages historiques, ou des idoles.

Cet univers de désirs s'organise généralement autour de modèles idéaux dont nous ne sommes que partiellement conscients et auxquels correspondent des figures dans lesquelles nous nous reconnaissons, pour lesquelles nous avons de l'admiration et qui sont pour nous une source d'émulation.

Ces modèles sont au-delà de ce que nous nous estimons capables de réaliser dans le quotidien. Si quelqu'un nous demande : « Tu espères vraiment devenir comme lui ? », nous répondons avec humilité : « Certes, je le voudrais bien, mais je n'en suis pas capable. » C'est le type de rapport que les jeunes entretiennent avec leurs chanteurs préférés, les sportifs avec les champions de leur discipline. Mais il est arrivé à tous d'admirer profondément quelqu'un, de le considérer comme un modèle idéal, et par là même, inaccessible.

Inaccessible, mais néanmoins influent : quelque chose de ce modèle filtre dans notre vie. Il agit comme un guide, indique une direction, une voie. Nous pensons à lui, souvent, au moment d'opter pour un comportement face à une situation difficile. Nous pensons encore à lui quand nous obtenons un succès. C'est, alors, comme si nous avions fait un pas dans sa direction. Nous nous imaginons un instant à ses côtés, sur les hauteurs où il trône.

Nous abritons ainsi, au fond de notre âme, une

multitude de rêves, d'espérances, d'aspirations qui restent à l'état potentiel et que nous inhibons, que nous faisons taire d'autorité parce qu'ils nous paraissent irréalisables. Ils n'en existent pas moins, toujours prêts à se réveiller, dans l'attente d'une possibilité de satisfaction. L'envie a partie liée avec ce dépôt de « rêves prohibés » et s'enflamme quand un événement extérieur vient affaiblir notre vigilance, nous laisse entrevoir la possibilité de les satisfaire, et leur redonne de la vigueur.

Quel est le facteur qui offre la plus grande probabilité de réveiller ces rêves, de ranimer ces désirs ? Le fait que quelqu'un comme nous, quelqu'un de semblable à nous, est parvenu à les réaliser. Quelqu'un à qui nous pouvons nous identifier, mais qui a réussi là où nous avons échoué, ou renoncé. Quelqu'un qui, parti du même point que nous, est devenu ce que nous aurions voulu être, a su obtenir ce que nous aurions voulu avoir.

Cette loi fondamentale a été découverte et redécouverte par tous ceux qui se sont intéressés à l'envie, à commencer par le premier d'entre eux, Aristote. Le grand philosophe grec écrit, dans *La Rhétorique* : « Nous envions de préférence les personnes qui nous sont proches dans le temps, dans l'espace, par l'âge, par la réputation et par la naissance[1]. » Les personnes, donc, qui ont plus ou moins les mêmes désirs et les mêmes possibilités que nous. Le jeune garçon envie son frère qui a reçu un cadeau. La jeune fille envie l'amie qui est allée à une fête à laquelle on ne l'a pas invitée elle-même. Ils désirent ainsi, l'un comme l'autre, des choses qu'ils pouvaient raisonnablement espérer obtenir[2].

Proximité, ici, signifie analogie de position sociale, de désirs, de goûts, d'aspirations, de rêves, de possibilités. Mais aussi connaissance, directe ou indirecte, contact, information. Autrement dit, les mêmes conditions qui fondent l'apprentissage de nos désirs. C'est en regardant notre frère, notre voisin, celui qui a une activité comparable à la nôtre, un revenu pas trop supérieur au nôtre, que nous apprenons quoi désirer. Si je vois passer devant moi le tout dernier modèle d'une merveilleuse automobile, il se peut que j'en éprouve stupeur et admiration, mais non pas un désir soudain et impérieux de la posséder. Si, par contre, je vois mon collègue de bureau arriver chez lui au volant de cette merveille, je m'approche pour la contempler de plus près, je demande combien elle coûte et je commence à la désirer.

Si la personne m'est semblable en tout, je m'identifie aussitôt à elle et assume son désir comme s'il était mien. Entre semblables, il n'est pas nécessaire que la valeur de l'objet soit explicitement indiquée. Je n'ai pas besoin que quelqu'un m'énumère les avantages, ou le prestige, ou les possibilités auxquels me donnerait accès une telle possession. Je le sais tout de suite, intuitivement.

Tout cela se passe avant que j'aie eu le temps de penser aux bénéfices que mon collègue en tire et auxquels, par comparaison, je ne peux pas prétendre. C'est une impression soudaine de diminution de l'être, de l'essence, de la valeur. Je ne peux même pas dire que l'estime que j'ai pour moi-même en est atteinte; je suis rapetissé, amoindri, incomplet. La plénitude de l'autre a créé en moi un vide. Ce vide, c'est l'envie.

De son côté, et au même moment, cet autre change d'aspect à mes yeux. Il devient plus grand, plus beau, plus sûr de lui, plus fort. J'ai l'impression de le découvrir, de découvrir, maintenant seulement, sa réalité. Et je réalise à quel point il apparaît séduisant, aimable et désirable aux siens, à ses collègues, aux femmes, au monde entier. En lui, et à travers lui, j'entrevois une possibilité de béatitude et de félicité olympienne, parfaite, dont j'ignorais jusque-là l'existence.

Parvenu à ce stade, je ne peux même plus dire que je désire cette automobile. Car c'est moi-même qui suis désormais en question : ce que je vaux, ce que je suis capable de faire. Il est plus que moi. Il vaut quelque chose, et je ne vaux rien. L'automobile est le moyen qui m'a permis de m'en apercevoir. Elle a mis en évidence une différence. Et c'est cette différence qui m'est maintenant insupportable.

Une différence trop grande entre lui et moi, toutefois, finira par atténuer le désir car elle rend la comparaison plus difficile et la prive de signification. Poursuivons notre exemple. Après avoir, un instant, désiré la nouvelle voiture de mon collègue, je me mets à réfléchir à son sujet. Je le connais depuis longtemps, je sais qu'il a toujours eu la passion des automobiles. Cela remonte à son enfance, parce que son père était riche et épris de vitesse. Chaque fois qu'il réussissait une affaire et enregistrait une rentrée d'argent, il se hâtait d'acheter une nouvelle voiture de sport. Quitte à se ruiner, et à renoncer à des choses qui, de mon point de vue, semblaient infiniment plus importantes.

Tandis que je réfléchis ainsi, cette automobile cesse de m'intéresser. Autrement dit, je « restitue » son désir à mon collègue, et je m'en défais moi-même. Le fait de m'interroger sur son comportement, de l'analyser, au lieu de me rapprocher de lui, m'en éloigne. Je vois maintenant cette acquisition comme une extravagance, et je n'ai plus aucune envie de l'imiter. Et je ne le sens plus supérieur à moi. Il a cessé de l'être quand je me suis rappelé que nous avions des goûts différents, des mentalités différentes, quand l'achat de cette automobile a cessé d'être le symbole d'une capacité, d'une excellence de sa part pour devenir, au contraire, le signe de son caprice. L'automobile ne m'intéressait pas par elle-même, mais seulement en tant qu'élément constitutif d'une valeur. L'individu utilise les objets, mais son but est la valeur. Sitôt évacuée la comparaison de valeur, l'objet perd de son importance, il ne compte plus.

Ce qui compte est donc la signification de cet objet au regard de la relation sociale dans laquelle nous vivons. Derrière la promptitude de mon identification et du désir qu'elle libère, apparaît un tissu social compact à l'intérieur duquel nous évoluons, mon modèle et moi.

Deux voisins, deux collègues, deux journalistes travaillant pour le même journal, deux médecins exerçant dans le même hôpital, tendent à se définir eux-mêmes et leur propre valeur de la même façon. On s'attendra à ce qu'ils partagent les mêmes aspirations, les mêmes comportements, les mêmes modèles moraux, à ce que leurs actions revêtent les mêmes significations. Tous ces éléments entrent dans la constitution du rôle social et, une fois intériorisés, deviennent les fondements de leur identité personnelle. La différence qui déclenche le désir spasmodique et l'envie est ainsi quelque chose qui touche l'idée qu'ils se font d'eux-mêmes, la manière dont ils se définissent et se différencient des autres, dont ils se reconnaissent[3].

L'envie surgit quand, dans ce tissu homogène, coutumier, connu, familier, apparaît une différence inattendue et pourtant possible, imprévue et pourtant prévisible. Je suis soudain, sur l'autoroute, dépassé par une voiture de même cylindrée que la mienne. S'il s'agissait d'une voiture de course, je trouverais la chose naturelle; si c'était une vieille bagnole soufflante et brinquebalante, je me mettrais à rire. Mais le dépassement me choque s'il est le fait de quelqu'un que je croyais mon égal, et qui se montre supérieur.

C'est ainsi la mise à mal d'un ordre que l'on croyait stable, la création d'un déséquilibre là où tout semblait bien posé, l'intrusion d'une diversité là où l'on attendait l'identique. C'est une atteinte à la stabilité du moi, à sa tendance à vivre immobile dans une atmosphère immobile. Tout au moins l'entourage immédiat de l'individu, celui vis-à-vis duquel nous n'avons pas de défenses particulières, avec lequel nous sommes toujours prêts à nous identifier, parce qu'il est, comme nous-mêmes, constitutif de notre identité.

L'envie se déchaîne en cas d'atteinte à cette zone protégée, à cette zone soustraite aux tentations les plus dangereuses, à cette zone-refuge défendue par un rempart de renoncements et de prohibitions.

L'envie naît d'une blessure de cet épiderme social qui se tend, se déchire, et cède devant l'irruption de l'infiniment désirable et de la comparaison impossible. Dans cette brèche se bousculent alors tous les rêves interdits, toutes les espérances refoulées, mais seulement pour provoquer un échec, pour révéler une impuissance.

9

Qu'envions-nous ?

Nous envions les choses que nous convoitons le plus fortement, les objets les plus chargés de notre désir. Nous les envions quand nous les voyons entre les mains des autres, alors qu'ils nous sont irrémédiablement refusés. Nous comprenons la valeur à travers une comparaison immédiate : ce qu'il a est mieux, ce que j'ai est moins bien, il vaut plus, je vaux moins. Le sentiment d'impuissance fait naître en nous une impression de non-valeur, de défaite, d'anéantissement, et une pulsion de haine, de destruction.

L'envie concerne l'avoir aussi bien que l'être, les objets comme les qualités, les possessions comme les manifestations de reconnaissance.

Pour certains auteurs, l'objet et la qualité que nous envions sont toujours un moyen au service d'une fin supérieure et ainsi de suite jusqu'à la fin ultime qui est, chaque fois, l'excellence, la supériorité. L'envie serait toujours, par conséquent, une compétition pour le prestige, pour la réussite, pour le pouvoir [1].

Sans doute en est-il souvent ainsi. Nombreux sont ceux désirant exceller, apparaître sous le meilleur jour possible, être appréciés, admirés, adorés. Les acteurs, les politiciens, les écrivains, tous ceux qui veulent émerger socialement, obtenir reconnaissance et honneurs, envient ceux d'entre eux qui parviennent à leurs fins. Mais tous les hommes ne sont pas égaux, tous les êtres humains n'ont pas les mêmes désirs. Il y a aussi des gens qui veulent avant tout la richesse, la richesse pour elle-même, sans la notoriété sociale, sans l'aura du prestige, et ceux-là envieront simplement quelqu'un qui se révèle soudain plus riche qu'eux — quelqu'un à qui ils peuvent se comparer, quelqu'un qui était semblable à eux mais les a battus, supplantés dans ce domaine.

Le centre de l'envie, certes, est toujours le Moi, mais le Moi se réalise à travers toutes ses possessions, tous les objets qu'il contrôle, qu'il acquière et qu'il désire. Notre Moi s'expanse à travers les personnes que nous aimons et auxquelles nous nous sommes identifiés : nos enfants, notre mari ou notre femme. À travers notre maison, nos biens matériels. Dans le monde paysan, un champ de blé ou une vache sont l'équivalent d'un prix littéraire pour l'intellectuel, d'une promotion pour le bureaucrate, d'une élection pour le politicien, des applaudissements pour le comédien.

Je me souviens d'une paysanne qui enviait férocement ses voisins parce que leur champ donnait plus que le sien. Leurs terres étaient mitoyennes et en tous points identiques, mais, année après année, elle n'obtenait qu'un blé rare et maladif tandis que ses voisins faisaient de magnifiques récoltes.

Impuissante à expliquer ce phénomène, mais persuadée qu'ils avaient un secret, elle s'était mise à épier leur comportement. Et, n'ayant rien découvert, avait décidé de les imiter scrupuleusement. La récolte faite, elle attendait de les voir labourer pour le faire elle-même. Les tracteurs travaillaient de concert. Puis elle épandait l'engrais — le même que le leur — en même temps qu'eux. Puis elle semait le même jour, avec la même semence en quantités identiques. Mais rien n'y faisait. Dès le mois d'avril, le blé des voisins était plus haut et porteur, déjà, des premiers épis. En juin, la différence apparaissait dans toute son horreur. Notre paysanne ne parvenait pas à se faire une raison. Elle en perdait le sommeil, contemplant d'un œil chargé de haine ce champ auquel elle aurait certainement mis le feu si elle n'avait craint d'incendier le sien du même coup.

À la campagne, ces comparaisons envieuses étaient fréquentes, ici à cause d'une vache qui mettait bas deux veaux quand celle du voisin n'en donnait qu'un, là pour un cerisier plus chargé de fruits...

Il existe un autre type d'envie, sans rapport avec la considération sociale : l'envie érotique. Certains hommes, certaines femmes, jouissent d'un extraordinaire pouvoir d'attraction sur le sexe opposé tandis que d'autres, à certaines périodes de leur existence, en sont totalement dépourvus.

Je me souviens d'un jeune homme très beau, extrêmement intelligent, doué d'une nature ardente et passionnée et d'un pouvoir érotique exceptionnel. Il devint par la suite un grand artiste que les femmes adoraient. Mais il avait souffert pendant son enfance de pulsions contradictoires, confuses, inhibées. Très timide, il rougissait à tout propos, se montrait maladroit et embarrassé de lui-même. Les filles l'évitaient. Il en souffrait, pleurait de désespoir et se rongeait d'envie en observant la facilité avec laquelle ses camarades multipliaient les aventures amoureuses.

L'un d'eux, en particulier, l'obsédait : un joyeux garnement dont toutes les filles recherchaient la compagnie.

Auprès de lui, elles semblaient plus souriantes, disponibles, libres de toute inhibition sexuelle. Il incarnait tout ce que notre jeune homme aurait voulu être, et par sa seule présence le renvoyait sans cesse à sa propre incapacité. Chaque fois qu'il le voyait, il entendait hurler en lui tous les désirs de sa sexualité frustrée, toutes ses lamentations d'impuissance. Il l'admirait et le détestait tout à la fois. Il rêvait de lui faire du mal, de s'emparer de sa personne pour le rudoyer, le torturer, l'envoyer moisir en prison jusqu'à la fin de ses jours.

Il y a ceux qui désirent posséder des terres, ceux qui rêvent d'avoir des enfants, ou de faire l'amour avec un nombre incalculable d'hommes ou de femmes. Il y a, enfin, ceux que taraude un désir d'excellence, ceux qui veulent être admirés, occuper le devant de la scène, rassembler sur eux tous les suffrages, d'où qu'ils viennent.

Ceci me fait penser à quelqu'un qui, tout jeune, s'était engagé à fond dans l'action politique en Italie du Sud. Il avait des idéaux, et un extraordinaire désir de réussir. Des années durant, il déploya une énergie quasi frénétique pour organiser les réunions de son parti, créer des associations culturelles. Il travaillait dix-huit heures par jour, sillonnant sa province et visitant l'un après l'autre tous ses électeurs. C'était un militant exemplaire, et il a certainement beaucoup apporté à son parti.

Pourtant, quand la bataille politique se déplaça dans les grandes cités du Sud, son enthousiasme et son idéalisme se révélèrent impuissants face aux intrigues des dignitaires de l'appareil et il dut s'incliner au profit des chefs de clan, des politiciens réalistes. S'il avait su composer avec eux, se mettre à leurs ordres, il aurait certainement été récompensé par un poste de député suppléant et, par la suite, de sous-secrétaire d'État. Mais son orgueil était trop grand. N'ayant pas réussi à vaincre sur son terrain, il choisit de se retirer.

Il abandonna donc l'action politique pour se consacrer à la profession d'avocat. Doué d'une vive intelligence, brillant et sympathique, il parvint en très peu de temps à se constituer une belle clientèle. Mais, là encore, il ne s'éleva pas aussi haut qu'il l'aurait voulu. Il ne devint pas un ténor du barreau, l'un de ceux vers qui tous les regards se tournent, dont tout le monde parle et que tout le monde admire.

Alors, avec une énergie extraordinaire, il se jeta dans la carrière universitaire et la recherche. Et, là encore, réussit fort bien, d'abord comme étudiant, bien noté et apprécié de ses maîtres, avant de devenir un spécialiste de valeur invité dans les congrès internationaux. Mais ce n'était pas la célébrité. Une fois de plus, le résultat de ses efforts ne lui avait pas apporté ce à quoi il aspirait, ce dont il avait besoin au plus profond de son âme : les applaudissements de la foule, les articles dans les journaux, les interviews à la télévision, les admirateurs qui se pressent pour quémander des autographes, les gens qui vous reconnaissent dans la rue et se retournent sur votre passage.

Il se lança dans la finance et se mit à acheter et revendre des entreprises, manifestant, une fois de plus, une formidable puissance de travail et obtenant de brillants résultats. Mais sans atteindre, là encore, au niveau de notoriété, de gloire et de réussite auquel il aspirait.

Au fil de cette longue quête il devint, peu à peu, envieux de tous ceux qui avaient réussi. D'abord des grands politiciens, puis des ténors du barreau, puis des chercheurs de renommée internationale et, pour finir, de tous. Il est, aujourd'hui, envieux de quiconque parvient à la notoriété, à la gloire, au pouvoir. Peu importe dans quel domaine.

Il suffit d'être un metteur en scène renommé, un célèbre présentateur de la télévision, un journaliste coté, un écrivain de renommée internationale, voire une femme très belle et très admirée pour provoquer son irritation. Il ne supporte pas la vue des gens importants, qu'il trouve tous idiots, vides, corrompus. Il a cessé peu à peu de répondre aux invitations. Devant l'impossibilité de se constituer une cour dans les grandes cités, il s'est retiré dans une bourgade dont il est le personnage le plus important, le numéro un. Là, il reçoit ses amis, ses élèves, et se montre généreux, brillant, munificent. Mais si quelqu'un risque une allusion au monde extérieur, il se rembrunit aussitôt et devient cynique, cassant et pessimiste.

On peut dire que cet homme est un envieux. Mais il faut admettre aussi que, toute sa vie, il a lutté contre l'envie qu'il avait en lui. À l'époque de ses débuts, il a préféré renoncer à la politique et changer de voie plutôt que de poursuivre sa carrière d'un cœur mauvais assoiffé de vengeance. Et ainsi de suite, dans les différents domaines où il s'est essayé. N'était-ce pas une façon de se préserver de l'envie : quitter le jeu, renoncer ?

Et pour quel résultat ? Son désir de réussite est resté intact et plus ardent que jamais. Il ne lui a servi à rien de renoncer, chaque fois, aux objectifs qu'il s'était fixés et vers lesquels il avait mobilisé toute son énergie. Il ne lui a servi à rien d'abandonner la compétition, de quitter l'arène. Il s'est isolé peu à peu, perdant toute relation avec les gens qui comptaient, pour vivre finalement comme un ermite. Et tout cela en vain, sans pouvoir échapper à la terrible morsure d'envie qui l'humilie et lui fait honte. Car le monde de la réussite continue à le traquer jusque dans sa forteresse. Il s'y insinue par le biais de la télévision, des livres, des journaux, des amis qui viennent lui rendre visite et le renvoient inévitablement à de douloureuses comparaisons.

Pourquoi cet homme, qui a cherché toute sa vie à se soustraire à l'envie, qui a tout fait pour se protéger de l'humiliation, continue-t-il à se comparer à ceux qui ont réussi ? N'a-t-il pas compris qu'ils n'étaient pas faits d'une matière supérieure à la sienne ? Que ses qualités d'intelligence, d'initiative, de générosité valaient les leurs ? Que le monde applaudissait aussi les sots ? Quel est le défaut, la faiblesse interne qui le rend aussi vulnérable ? Quelle fêlure s'est-elle produite, au plus profond de son âme, pour le laisser ainsi sans défense, malgré toutes les protections ? Le désir d'être le premier, le désir insatiable de faire mieux, d'être meilleur que tous les autres. Une ambition effrénée, un besoin effréné d'excellence. L'orgueil, la *superbia*, pour employer un terme ancien.

Saint Thomas la définit ainsi : *Inordinata praesumptio alios superandi*[2], prétention effrénée de dépasser tous les autres. Un amour pour sa propre excellence qui ne démord pas, qui ne cède devant aucune défaite, qui n'accepte aucune limite, qui ne plie devant aucune hiérarchie et qui par là même, inexorablement, produit l'envie.

Le tourment de l'envie qui se renouvelle indéfiniment tout au long de l'existence de cet homme nous apparaît ainsi comme une sorte de conséquence, de punition de son désir immodéré d'excellence : l'orgueil. Comme l'observait Natoli : « L'envie n'est que l'expiation de l'orgueil[3]. »

Dans l'exemple cité, c'est l'orgueilleux qui, vaincu, devient envieux. Mais il y a aussi, inversement, des cas où l'envie croît avec la victoire, la réussite — aussi paradoxal qu'il y paraisse.

L'envie peut augmenter avec le triomphe, la fortune, la gloire. Parce que la nature humaine désire s'expanser, grandir, s'accroître et, sitôt un premier objectif atteint, s'en fixe un autre plus élevé. Après avoir supplanté quelqu'un, nous trouvons quelqu'un d'autre à qui nous comparer. Le commerçant qui possède une petite boutique cherche à s'agrandir, y parvient, mais ne s'en satisfait pas. Il se compare à celui qui possède un plus grand commerce, puis à celui qui contrôle une chaîne de magasins et, après avoir atteint ce dernier objectif, cherche à entrer dans la grande distribution.

Ce mécanisme n'est pas fondé sur une avidité particulière. Il est la pure et simple conséquence du fait d'avoir obtenu un résultat, atteint un objectif. La conséquence pure et simple de notre nature, du fait que nous sommes des êtres humains qui apprennent leurs désirs d'autres êtres humains.

À lui seul, toutefois, ce fait n'explique pas pourquoi l'envie croît avec la réussite. Elle pourrait rester constante. S'atténuer un bref instant lorsque nous rejoignons ceux auxquels nous nous sommes comparés, pour réapparaître quand nous trouvons un nouvel objet auquel nous comparer, une nouvelle mesure à notre ambition.

Mais la réussite, la succession des victoires, détermine en nous un grand sentiment de sécurité, une excessive confiance en nous-mêmes. Celui qui gagne finit inévitablement par penser qu'il gagnera encore, et avec plus de facilité. Il devient ainsi présomptueux, téméraire. Celui qui gagne toujours, surtout, ne supporte pas de voir quelqu'un au-dessus de lui. Il se persuade qu'il est le meilleur, le prédestiné, l'élu. Il se compare donc à tous les autres et, chaque fois, veut sortir victorieux de cette comparaison. Jusqu'à ce qu'il rencontre une limite infranchissable, une limite qu'il n'est pas capable de voir, de comprendre, ou que sa présomption lui a dissimulée. Dès cet instant, il est condamné à l'envie, à la morsure d'envie, au tourment de l'envie.

Bizarrement, les gens se figurent que les riches, les puissants, les chanceux, ceux qui sont « nés coiffés » ne connaissent pas l'envie. Ce n'est pas vrai du tout[4]. Ils sont aussi envieux que les autres. Parce que chacun d'entre eux, inévitablement, finit par éprouver le désir de s'élever au-dessus des autres ou de connaître le succès dans un domaine ou dans un autre. Nombre d'industriels richissimes se mettent, à un certain moment de leur vie, à désirer une reconnaissance publique, des prix, des lauriers, des diplômes de docteur honoris causa. Ils veulent écrire des livres, faire connaître leur vie et, souvent, se précipitent ainsi vers de cruelles désillusions. Napoléon enviait les monarques légitimes avec la même intensité qu'ils l'enviaient lui-même. Il enviait le tsar et ses immenses territoires, et cette envie l'a conduit à sa perte.

10

La valeur propre

Chaque individu a une valeur, en est conscient, cherche à la conserver. Le point de départ de cette valeur est sa *subjectivité*, le fait de se trouver au centre de son univers. D'un univers qui cesserait d'exister avec sa mort et qui, ainsi, gravite inévitablement autour de lui. Il y a là une expérience fondamentale d'existentialité qui précède toute reconnaissance des autres individus. Même quand nous sommes avilis, écrasés, nous ne pouvons faire moins que défendre ce centre de nous-mêmes, aussi douloureuse et pathétique que soit cette défense.

Mais chaque individu est aussi une force qui tend à croître, à augmenter ses possibilités, à enrichir ses capacités pour toujours faire plus, être plus, avoir plus. Non pas vers une fin particulière, mais vers toutes les fins possibles qui, au fil du temps, lui apparaissent. Et, dans ce processus, l'individu voudrait que les autres êtres humains lui viennent en aide, se mettent à sa disposition. Castelfranchi utilise l'expression « adopter ». Nous voulons que nos fins soient « adoptées » par les autres [1].

Tous ces « autres » constituent un système social avec ses propres objectifs, ses valeurs, ses critères de jugement, et qui réagit à ses propres demandes. Il en résulte que chaque individu se structure par rapport à ces objectifs, ces valeurs, ces critères de jugement, et construit une idée de sa propre valeur qui est autant le produit de son incessant effort d'affirmation que des réponses positives ou négatives qu'il reçoit des autres[2].

Goffman a écrit des pages magnifiques sur la façon dont, à l'intérieur des institutions totalitaires, l'individu se voit privé de son image — l'image du moi — et des instruments nécessaires à la préservation de cette image. On use d'une multitude de moyens pour le persuader qu'il n'est rien, qu'il ne vaut rien, qu'il n'a aucun intérêt, aucun droit, aucun pouvoir. Qu'il n'est rien d'autre qu'un objet identique à d'autres objets, à la merci de l'institution et de son personnel. Le travail de toute une vie pour se construire une autonomie, quelque chose qui le distingue et qui le sépare, un droit à la décision qui lui appartienne, est annulé[3].

Pourtant, même dans ces circonstances extrêmes, on ne voit pas disparaître chez l'individu la valeur inhérente au fait qu'il est le centre de son propre univers, ni l'énergie qui tend à repousser et à reconstruire ses propres frontières, ses propres biens. Le sujet, après qu'on l'ait anéanti, humilié, recommence toujours à reconstruire sa propre image du moi, avec une dignité, une valeur sociale.

La valeur, ainsi, n'est pas seulement le précipité historique du jugement des autres, mais le point de rencontre entre notre volonté d'affirmation et ces jugements. Et la volonté d'affirmation ne peut jamais être anéantie, mais seulement refoulée, écrasée, mortifiée, ou bien, de son propre chef, s'offrir, ou décider de renoncer.

Enracinée au plus profond de chaque individu, la volonté d'affirmation construit son propre territoire, où le Moi règne en maître, sur lequel il est reconnu, respecté.

Le territoire du Moi est constitué de ses objets d'amour individuels et collectifs : la mère, le père, les enfants, l'époux, l'épouse, mais aussi la patrie, le parti, la cité. Et cela va jusqu'aux biens matériels — la maison, la table de travail, les outils, les livres, le jardin, le chien. L'entreprise pour laquelle on travaille, les fonctions qu'on y occupe, le vase à fleurs posé sur le bureau font aussi partie du Moi. L'être et l'avoir sont toujours étroitement entremêlés. Le Moi s'accroît d'une distinction honorifique, de l'acquisition d'une œuvre d'art, ou du fait qu'on a appris à jouer de la guitare. Un affront, une déception amoureuse, un cambriolage dévastateur l'atteignent et l'amoindrissent[4].

On peut concevoir le Moi comme un ensemble de possessions et de droits féodaux. Comme un territoire pourvu de vallées, de montagnes, de villes, de châteaux, de populations, avec des droits divers et compliqués, des bénéfices, des franchises, des péages, des corvées, des préséances, des honneurs symboliques sans cesse différents en fonction des divers interlocuteurs. Une stratification historique de droits, de privilèges, d'habitudes, d'abus, de contestations et de prétentions. Chaque individu, en outre, comme les anciens féodaux, cherche continuellement à accroître ses possessions et à étendre son domaine, au prix de périlleux conflits avec les autres. C'est sur ces frontières, sans cesse contestées et en perpétuel mouvance, que s'établissent les règles complexes de cohabitation et d'étiquette étudiées par Goffman et les ethnométhodologistes[5].

Un phénomène peut surprendre à première vue : la discordance qui se manifeste entre l'extraordinaire capacité constructrice et reconstructrice de la volonté d'affirmation et l'extrême vulnérabilité du Moi à ses frontières. Nous sommes tout à la fois très forts et très vulnérables.

À chaque rencontre, dans la plus anodine des conversations, nous nous mettons en question, nous nous sentons vainqueurs ou vaincus, nous encourons le risque de perdre la face. De même, pour en revenir à notre réflexion sur l'envie et les désirs, nous sommes continuellement exposés au risque de comparaison. En observant les autres, nous ne pouvons nous empêcher de désirer et de comparer — de nous comparer. Car, aussi considérables que soient nos biens, aussi vaste notre territoire, nous sommes toujours prêts à mettre notre valeur en jeu pour nous lancer à la conquête d'un avant-poste sur la frontière.

Tout se passe comme si, pour un piton rocheux, pour un pont sur une rivière, pour un droit de passage, le Moi appelait à la mobilisation générale, rassemblait toutes ses ressources et se préparait à une lutte à mort. Comme cela se passait jadis, effectivement, aux frontières de ces États féodaux toujours en guerre les uns contre les autres, avides, susceptibles, orgueilleux.

Peut-être une autre métaphore, celle de notre propre corps, nous aidera-t-elle à mieux comprendre ce processus. Nous sommes sensibles à un courant d'air, nous ne supportons pas la piqûre d'un moustique, nous entrons en transes si quelqu'un nous marche sur le pied, mais nous sommes également capables d'endurer avec une incroyable patience et pendant des mois des traitements médicaux et des souffrances atroces, dans un hôpital, parce que nous avons l'espoir de guérir.

À l'instar d'une amibe, nous tendons à nous expanser dans l'atmosphère ambiante, à englober ce qui nous environne. Et dans le même temps, cette membrane cellulaire préhensible, avide, se montre ultra-sensible aux traumas, aux signaux de danger. Le point d'équilibre est ainsi perpétuellement perdu et retrouvé.

L'idée que nous nous faisons de notre valeur et de la valeur que les autres nous reconnaissent est semblable à deux colonnes de mercure d'une infinie sensibilité. Nous faisons tout pour les maintenir aussi hautes que possible, mais quelque chose, toujours, tend à les faire redescendre. C'est, avant tout, la comparaison entre nos possessions et celles de l'autre dans l'une de nos zones-frontière. Ou, en d'autres termes, le désir de croître en voyant quelqu'un qui possède ce que nous n'avons pas, et dont le manque diminue la valeur globale de nos possessions à nos propres yeux et aux yeux des autres : la comparaison envieuse.

On ne saurait, pour autant, dire que nous voulons sans cesse accroître l'estime que nous avons pour nous et celle qu'en ont les autres, que nous agissons constamment en fonction de ces buts. Le plus souvent, nous n'y pensons pas du tout.

Les colonnes de mercure ultra-sensibles de l'estime de nous-mêmes et des autres sont révélatrices d'un équilibre de notre rapport à l'atmosphère. Mais dans une situation consolidée, au sein d'institutions efficaces, nous élaborons des attentes relativement sereines, nous évoluons avec un sentiment relatif de sécurité. Notre valeur, certes, continue à subir des fluctuations, mais celles-ci ne modifient pas de manière substantielle l'image que nous avons de nous-mêmes et du monde dans lequel nous vivons.

D'où l'importance de deux autres notions : la confiance de base et l'estime de base.

La confiance de base est le produit de nos ressources naturelles et de notre histoire. Dès la prime enfance, nous développons une idée de nos dons, de notre capacité à parvenir à nos fins, à obtenir ce que nous voulons, des difficultés que nous oppose notre environnement, des aides sur lesquelles nous pouvons compter.

Le concept de confiance de base ne correspond pas au concept d'auto-estime. Je peux estimer au plus haut point mes capacités intellectuelles, mais manquer de confiance devant tel ou tel objectif que je me propose d'atteindre. La confiance de base procède de l'assurance ou du manque d'assurance avec lequel nous affrontons l'existence.

Certains individus réussissent à maintenir une confiance de base élevée en se protégeant de tout désir excessif, en renonçant aux objectifs trop élevés ou trop risqués. Si bien que leur confiance de base peut être ébranlée quand, à l'improviste, ils sont confrontés à des désirs nouveaux et éprouvent des difficultés à les satisfaire.

Alors que la confiance de base est une ressource essentiellement interne, l'estime de base nous vient de la société. Elle est la reconnaissance, l'appréciation coutumière, moyenne, dont nous avons tous besoin pour nous sentir acceptés par notre entourage, pour nous considérer comme des citoyens à part entière.

L'estime de base ne dépend pas du fait que nous avons atteint une position sociale excellente ou supérieure. Mais du fait que nous jouissons du respect social, de la considération pour ce que nous sommes et pour ce que nous faisons.

L'estime de base est un rapport entre aspirations et reconnaissance. La considération et l'appréciation qui suffisent à tel individu pourront laisser tel autre sur sa soif. Mais dans toute société s'établissent des moyennes, des équilibres, comme dans la distribution du revenu, à partir desquels la plupart des gens sont discrètement satisfaits de l'estime qui leur échoit.

Certaines sociétés se distinguent par une forte incitation à la compétition et, partant, retirent leur estime à ceux qui ne visent pas des objectifs plus élevés, à ceux qui ne manifestent pas d'ambition. Cependant, ces mêmes sociétés accordent leur estime à celui qui fait sérieusement son travail, quel qu'il soit. La société américaine, par exemple, tout en étant extrêmement compétitive, a conservé un critère d'appréciation de type protestant pour toute activité professionnelle et la façon dont l'individu s'y consacre, le *commitment*. Un travail bien fait peut donner lieu à un légitime orgueil (confiance de base) et à une bonne considération sociale (estime de base).

Dans la société allemande, hiérarchisée et compétitive, chaque individu est incité, stimulé, à exceller dans un domaine très spécialisé, dans sa profession comme dans ses activités de loisir, ses *hobbies*. Chaque rencontre sociale le contraint à reconnaître sa position précise dans la hiérarchie sociale, et pourtant, dans l'intervalle, on lui concède un domaine dans lequel personne n'entre en compétition avec lui. En cela, il se sent confiant et estimé.

11

La compétition

La situation antagoniste par excellence est la situation sportive, dans laquelle les athlètes entrent en compétition pour un prix ou pour une médaille olympique. Chacun s'est longuement préparé, pendant des mois ou même des années. Souvent, il ne concourt pas seulement pour lui-même, mais porte les espoirs de son club sportif, de sa ville, voire d'un pays tout entier. Ce qu'il sera demain, le prestige dont il jouira, mais aussi son revenu, sa fortune ou sa pauvreté dépendent de cette épreuve, des quelques fractions de seconde ou des quelques centimètres de plus qu'il saura gagner sur ses concurrents en sautant, en courant, en lançant le poids. Mais tout cela dépend, surtout, de ce que feront ses concurrents, et plus particulièrement de ce que fera celui qui a la plus grande probabilité de le battre parce qu'il est plus ou moins au même niveau que lui.

Dans le sport, la compétition se déroule entre voisins, entre gens très proches les uns des autres. Si proches que personne ne peut dire avec certitude, tant que l'épreuve n'a pas eu lieu, lequel arrivera en tête et lequel sera battu. Le plaisir du sport découle de cette incertitude. La lutte entre deux athlètes d'inégale valeur n'intéresse personne.

L'excitation touche à son comble quand on voit s'affronter les deux meilleurs, et que l'incertitude du résultat se prolonge le plus longtemps possible.

Pendant l'épreuve, pourtant, il n'y a pas place pour l'envie. L'athlète, de toute son âme, de tout son désir, se concentre pour atteindre son objectif : battre l'adversaire, arriver le premier sur la ligne d'arrivée. La lutte, dans son déroulement, est toujours un avant-goût, même douloureux, même pénible, du résultat final. L'espoir en est le moteur — jamais le désespoir.

Puis vient le résultat. Nos efforts ont échoué, c'est l'autre qui a gagné. On l'acclame, on lui fait fête, le voici qui monte sur le podium pour y recevoir sa médaille. Une carrière triomphale s'ouvre devant lui, toute de gloire et de richesse. Moi, j'ai perdu. Je reste dans l'ombre. Je n'ai plus qu'à rentrer chez moi. Toutes les conditions de l'envie ne sont-elles pas réunies ? Des conditions de départ similaires, un objectif précis, la société qui nous pousse à l'atteindre en un combat dont les règles ont été minutieusement établies pour préserver les chances de chacun. Et pour finir, l'humiliation. Pensons à la boxe, par exemple, à l'humiliation du champion qui tombe sous les coups de son adversaire et se retrouve au sol sous les regards de millions de spectateurs excités.

Pour le sportif, la défaite est synonyme d'amertume, d'humiliation, de colère, de chagrin et de désespoir. Mais plus rarement d'envie. Parce que le résultat est clair, irrémédiable. La décision du juge est impérative, indiscutable. Certes, il peut, parfois, y avoir contestation. Si le vaincu s'estime victime d'une irrégularité, il peut en appeler au règlement. Il y aura un recours, et une décision finale. Mais même dans ce cas, en attendant cette décision, il n'y a aucun motif d'envie. C'est comme si l'épreuve n'avait pas eu lieu, comme si elle n'était pas achevée.

Peut-être l'envie peut-elle se manifester quand deux athlètes se retrouvent continuellement face à face en un duel qui s'éternise, comme ce fut le cas pour un certain nombre de grands champions — Binda et Guerra, Bartali et Coppi, et, plus près de nous, Prost et Senna ?

Chacun des deux champions, alors, est obsédé par l'autre, présent à son esprit comme un obstacle et comme la mesure de sa propre valeur. Il ne peut se définir lui-même sans se mesurer à lui, même en privé, parce que tous, autour de lui, le ramènent sans cesse à ce défi permanent. Mais même dans ce cas, l'envie, pour autant qu'elle apparaisse, ne tarde pas à s'effacer devant le désir de revanche. À chaque épreuve, tout est remis en question, et le vaincu d'hier a une chance de triompher.

Les deux champions, contraints à un duel qui s'éternise, constituent un modèle de cette société sportive dans laquelle tous sont supposés égaux et où nul ne doit jamais renoncer mais rechercher, toujours, une revanche victorieuse.

Pour que l'envie se manifeste, il faut que la revanche apparaisse impossible, il faut que l'un des deux, lorsqu'il pense à l'autre, entrevoie sa propre déroute tout en continuant à désirer intensément le battre. Et cela ne peut se produire que si, dans quelque recoin de son âme, il persiste à considérer cette victoire comme juste et possible.

Ce n'est pas ce qui se passe dans la compétition sportive. Le champion qui se fait battre par un plus jeune, qui perd son titre, souffre de cette perte et va, pendant un certain temps, chercher une revanche. Puis il lui apparaîtra clairement que c'est impossible, inéluctable, et qu'il n'a aucune chance de renouer avec la victoire. Il sait, l'histoire du sport le lui a enseigné, qu'un jour, forcément, un sportif plus jeune que lui le battra et améliorera son record. Ses amis, ses collègues le lui ont dit et répété. Il peut, certes, éprouver une morsure d'envie pendant la période d'incertitude, quand il redoute une défaite mais ne s'y est pas encore tout à fait résigné. Mais l'envie, tôt ou tard, disparaîtra. Parce que son «challenger» et lui sont devenus trop inégaux, et qu'une comparaison n'est plus de mise.

La compétition, avec sa réglementation pointilleuse, n'est pas le lieu où l'envie se manifeste avec le plus d'intensité. Accepter sans réserve cette réglementation, c'est se conformer aussi à la règle fondamentale qui veut qu'on accepte la défaite; qu'on apprend à renoncer au désir de victoire et à reconnaître la valeur de l'autre. Le geste final de toute compétition sportive, même la plus violente, comme dans la boxe, est une poignée de main ou une embrassade entre vainqueur et vaincu. Un geste qui symbolise l'hommage, même intérieur, même subjectif, rendu à la valeur de celui qui gagne, l'acceptation de la différence, la fin du duel. Dans la capitulation, observe Paul Keskhemeti, le vaincu fait siennes les valeurs du vainqueur et, par là même, lui rend service, puisqu'il contribue activement à sa consécration.

Je ne veux pas dire par là que l'envie n'existe pas dans le sport. On peut l'y rencontrer, bien sûr. Mais elle ne trouve pas son origine dans les lois de la compétition sportive. L'envie, dans le sport, est un résidu inattendu, un écart non voulu, une note non sportive. Nous ne pouvons traquer sa présence en étudiant de plus près les règles du sport, mais plutôt les espérances non avouées, les règles enfreintes, les exigences injustifiées. L'envie est, par essence, une question : « Pourquoi lui et pas moi ? » La présence de l'envie signifie que, même devant la défaite la plus incontestable, la question est restée posée. Et qu'elle cherche une réponse ailleurs que dans une éventuelle revanche.

Cherchons une situation sportive dans laquelle l'envie serait présente.

Supposons un garçon très doué, un futur champion. Il a accepté le défi d'un inconnu qui, à première vue, ne lui paraissait guère redoutable. Mais l'épreuve s'est soldée, pour lui, par une cuisante défaite. Notre jeune champion en éprouve-t-il de l'envie ? Non. Pourquoi le devrait-il ? Les données de cette histoire ne permettent pas de le supposer.

Imaginons, maintenant, qu'il s'agit d'un garçon pauvre qui a appris à jouer, en l'absence d'un véritable entraîneur, dans un club de banlieue. Un jour, au cours d'une tournée ou pendant des vacances, il a l'occasion de se mesurer à l'un de ses camarades plus riche que lui, et formé par d'excellents entraîneurs. Celui-ci le bat sans peine, puis s'en va en compagnie de deux jolies admiratrices. Dans cette situation, notre jeune champion ressentira une violente morsure d'envie.

Mais sa défaite n'y sera que pour très peu de chose. Certes, s'il avait gagné, il ne l'aurait pas ressentie. Il aurait, même, savouré un sentiment de triomphe. Un sentiment qui aurait effacé et compensé le désir envieux. Le désir d'être riche, fort, et admiré des filles comme son camarade.

Quel est, dans ce processus, le rôle de la compétition sportive proprement dite ? De quel poids pèse-t-elle ? Si notre jeune sportif ne s'était pas senti capable de disputer cette épreuve, de défier son camarade plus riche et mieux entraîné, il ne lui aurait pas accordé la moindre attention. Entre lui et cet univers, la distance est trop grande pour que naisse le désir envieux. Seul, le fait de pouvoir entrer en compétition a créé la proximité, et a ainsi rendu le désir possible. La défaite rétablit la distance, ramène le jeune sportif à sa position inférieure. Mais le désir est là désormais, et quand l'autre s'en va, accompagné de ses deux admiratrices, il se fait lancinant.

La compétition sportive, en l'occurrence, n'a été que le théâtre, le décor dans lequel s'est déroulé le processus d'envie. Mais il s'est déclenché uniquement parce que les valeurs qui comptent échappaient, en réalité, aux règles de cette compétition. Parce que, pour ce type de valeurs, la vie n'est en rien une compétition sportive, avec ses normes d'équité, ses critères d'évaluation objectifs et universels. L'autre garçon n'est pas devenu riche au terme d'une compétition à armes égales entre jeunes gens du même poids et de la même catégorie.

Dans la vie réelle la réussite, la richesse, la reconnaissance amoureuse ne sont pas distribuées en fonction d'une règle d'équité, ou d'une logique du mérite. Elles sont le produit de situations consolidées, du jeu des forces du marché, de la fortune, du hasard, de l'habileté, de l'absence de scrupules de l'individu ou de son courage. De ses vertus et de ses vices. Et les affrontements n'ont pas lieu entre égaux, entre personnes de la même catégorie, mais entre des gens inégaux, si bien que les faibles perdent toujours et que les forts gagnent à tous les coups — ou presque. Et que les premiers finissent par renoncer à la lutte et, pour simuler une compétition à armes égales, une comparaison plausible, se tournent vers ces « voisins » dont parle Aristote.

Ce que nous avions vu comme les règles d'une compétition équitable ne nous apparaît plus, dans cette perspective, que comme un artifice visant à se soustraire à l'injustice globale du monde, à son total arbitraire. Les hommes, pour vivre, pour donner un sens à leurs actions, pour se fixer un objectif, ont besoin d'un ordre moral. Il leur faut croire à l'existence d'un rapport moral entre ce qu'ils font et ce qu'ils obtiennent, à une relation entre action, mérite et récompense.

C'est ce qui se passe dans le sport, ou dans le duel, dans toutes les situations de compétition réglementée. Le prix, la récompense, va à celui qui est « le meilleur » le plus « méritant ». Mais c'est aussi ce qui se passe dans les familles, dans les organisations de type bureaucratique, dans les entreprises. Toutes ces institutions parviennent à fonctionner dans la mesure où elles donnent à leurs membres l'impression que les récompenses sont distribuées en leur sein selon une règle précise et juste. Le mieux payé sera celui qui travaille le plus, qui a réussi certains examens, qui exerce une responsabilité plus importante, etc.

Ces règles de justice sont plus faciles à vérifier et à contrôler pour ceux qui occupent la même position ou des positions d'importance équivalente. Les employés d'un même atelier, par exemple, s'attendront à ce que les rémunérations soient en relation étroite avec le travail fourni. Celui qui travaille moins gagnera moins, celui qui fait des heures supplémentaires, plus.

Nous percevons et nous vérifions l'ordre moral à travers les différences que nous apercevons, ou dont nous faisons directement l'expérience. Je peux dire s'il est juste ou injuste que tel de mes collègues de travail gagne plus que moi parce que je vois le travail qu'il accomplit et j'en apprécie la difficulté ou la qualité. Je peux également estimer juste ou injuste, trop basse ou excessive, la rémunération de mon chef de service ou celle de mon directeur. Mais je n'ai pas la moindre idée de ce que peuvent être le mérite ou la justice pour un chanteur qui touche dix milliards de lires par an, ou pour un financier qui, en une seule affaire, en gagne cent.

Au cours de notre existence, nous apprenons à garder un œil sur nos « voisins », car c'est seulement dans cet entourage que nous pouvons trouver un ordre moral, et une réponse à la question : « L'a-t-il mérité ? L'ai-je mérité ? »

À quel moment, dès lors, l'envie apparaît-elle ? Quand, pour une raison quelconque, survient dans notre quotidien quelque chose qui se situe en dehors de cet ordre moral, qui l'ignore. C'est alors que surgissent les questions : « Pourquoi lui et pas moi ? Qu'a-t-il fait pour mériter tout ce qu'il a obtenu ? Qu'ai-je fait, moi-même, pour perdre ? »

Il n'est pas nécessaire que l'individu accomplisse quelque chose de concret ; qu'il viole une règle, outrepasse une norme. Si une belle fille arrive dans un village et que les autres en deviennent envieuses, on saurait lui reprocher d'avoir fait quoi que ce soit. Mais sa beauté échappe à tout ordre moral. Il n'y a aucun mérite à être belle, aucun démérite à ne pas l'être.

L'envie entre en scène quand l'ordre moral habituel, celui que nous vérifions quotidiennement auprès de nos « voisins », ne peut plus s'appliquer, qu'il se voit démenti. L'envieux éprouve alors l'impression d'une injustice diffuse, métaphysique. « Quelle vie ! Que m'arrive-t-il ? Comment est-ce possible ? » Ce n'est pas l'envié qui a commis un acte immoral. Son triomphe est plutôt l'expression d'un manque constitutif de l'être, d'une dérobade du sens, d'une immoralité du monde.

L'apparition de l'envie nous montre la fragilité, la précarité de tout ordre moral. Les hommes tendent à s'identifier à tout être vivant, à se comparer à tous. Mais ils apprennent aussi à y renoncer pour ne vivre que des désirs réalisables et clairement inscrits dans un système de mérite et de récompenses. C'est pourquoi ils n'observent que leurs semblables, leurs « voisins » et limitent leurs comparaisons à un cercle restreint. C'est pourquoi chacun se blottit dans sa petite communauté. Il évite ainsi les vertiges qui ne manqueraient pas de le saisir s'il laissait son regard s'échapper au-delà, vers l'infini.

Mais quand apparaît, dans ce cercle restreint, une différence inexplicable ou excessive par rapport aux critères habituels, cet édifice s'effondre et sombre dans le néant. L'envie surgit alors comme un questionnement anxieux à propos d'une compétition qui n'a jamais eu lieu, un débat chargé d'angoisse sur des règles qui n'ont jamais été fixées.

12

Le travail de l'envie

Si je me sens diminué parce qu'on m'a accusé d'avoir fait quelque chose de mal, de nombreuses alternatives s'offrent à moi. Je peux me défendre en niant les faits, je peux accuser l'autre de m'avoir agressé, ou provoqué. Je peux aussi me justifier en disant que je n'avais pas reconnu mon interlocuteur, je peux présenter des excuses. Je peux me prévaloir de circonstances atténuantes, proposer un dédommagement[1].

Mais si je n'ai rien fait, si l'autre, de son côté, n'a rien fait du tout, à quoi, à quel outil pourrai-je faire appel pour réparer le dommage que j'ai subi ? C'est, justement, ce qui se produit avec l'envie. L'envie commence par une comparaison dont je sors déprécié, battu, marri, sans que ni moi ni l'autre n'ayons fait quoi que ce soit. Je ne peux donc ni me défendre, ni accuser. Et pourtant, je suis bel et bien atteint, ma souffrance est réelle.

La société ne prévoit pas une telle situation. Elle n'existe pas à ses yeux. Je ne dispose d'aucun moyen pour clarifier ma situation, on ne me laisse pas de mots pour exprimer mon malaise. La société prévoit seulement une compétition non avenue. Elle m'invite à une compétition perdue d'avance. C'est alors que se déclenche le travail de l'envie. Il cherche à redéfinir la situation, à échapper au piège, à subvertir la comparaison.

Nous avons vu, au chapitre précédent, que l'envie apparaît quand l'ordre moral quotidien, celui que nous vérifions de façon routinière auprès de nos « voisins » est transgressé, ignoré. Quand quelqu'un enregistre un succès que son mérite ne suffit pas à expliquer, et que le sujet en subit une dévalorisation qu'il ne peut se reprocher comme un manquement ou une faute.

L'individu, alors, cherche par tous les moyens à replacer ce qui vient de se produire dans un système de mérite et de récompense, afin de donner un sens à cet événement. Afin de pouvoir en parler, se plaindre, réclamer et obtenir une révision de la sentence. Ce travail mental suit une direction obligée. Si l'autre m'a fait du mal d'une façon qui n'a rien à voir avec le mérite ou l'absence de mérite, je vais m'efforcer de démontrer, à tout prix, que ce rapport existe. Qu'il n'a aucun mérite, qu'il ne vaut rien, que la société s'est méprise à son sujet, qu'une injustice a été commise.

Imaginons un groupe de jeunes filles qui vivent dans le même village ou fréquentent la même école. Toutes ont des désirs, des idéaux, des modèles. Entre elles, en outre, s'est établi un système compliqué de validation réciproque dans lequel chacune met en jeu son aspect physique, ses qualités, ses capacités, ses succès. Un ensemble de hiérarchies s'est ainsi constitué, au sein desquelles chacune occupe une certaine position. La première est appréciée pour sa beauté, la seconde par ce qu'elle est sympathique, la troisième parce qu'elle est gentille et serviable, la quatrième parce qu'elle a une maison accueillante. Cet ensemble de validations selon des échelles différentes réduit la possibilité de comparaison et permet à chacune d'avoir une valeur propre. Quand elle se compare aux autres, elle ne se sent ni insignifiante, ni méprisable. La comparaison ne met pas en question sa confiance de base et ne met pas en crise l'estime de base dont chaque membre de ce groupe a le droit de jouir.

L'envie apparaît chaque fois que cet équilibre de validation compliqué est remis en cause. Chaque fois que le sujet isolé se sent menacé dans sa confiance de base et dans son estime de base.

Supposons que fasse irruption, dans l'entourage de ces jeunes filles, une superbe créature. Elle attire aussitôt les regards des hommes et menace la position des plus belles du groupe initial, de celles qui devaient à leur beauté leur confiance et leur estime de base ; qui avaient l'admiration esthétique pour fondement de leur identité.

Celles-ci sont forcées de se comparer à la nouvelle venue à l'aune des valeurs sur lesquelles elles ont tout fondé, auxquelles elles croient d'une croyance partagée par toute la communauté. Elles ne remettent pas en question le fait que la beauté soit une qualité appréciée de tous, et sont certaines que les autres partagent cette conviction. Une conviction qui, jusque-là, jouait en leur faveur. Et qui, avec l'arrivée d'une rivale, se retourne contre elles.

Désormais, chaque fois qu'elles la regardent ou qu'elles pensent à elle, elles sont obligées de faire, en négatif, la comparaison qu'elles faisaient naguère en positif, et elles se sentent privées de valeur, pauvres, mesquines. Elles voudraient que cette fille ne soit jamais arrivée dans le village ou dans l'école, qu'elle n'ait jamais existé, qu'elle disparaisse à tout jamais. Or celle-ci ne disparaît pas, elle reste là, elle rend par sa seule présence la comparaison permanente, inévitable. C'est alors que se déclenche le travail de l'envie.

Il a pour but de redéfinir la situation de telle sorte que la comparaison cesse d'être déplaisante, et que s'instaure un nouvel équilibre. Il met en œuvre une activité mentale tournée soit vers l'intérieur, soit vers l'extérieur. Par le travail de l'envie, je cherche à repenser et à redéfinir les choses à l'intérieur de mon propre esprit, et je m'efforce aussi de les redéfinir collectivement, parce que tel ou tel événement (ici, l'arrivée de la «belle») a modifié les relations existantes dans la collectivité.

Ces deux aspects, interne et externe, du travail de l'envie, sont impossibles à distinguer l'un de l'autre dans la réalité concrète. Aucun d'entre nous ne pense seul. Nous réfléchissons toujours avec les autres et parmi les autres, en réagissant à leurs réponses, et nous avons besoin de leur consensus pour croire à ce que nous avons pensé.

Comme le travail de l'envie a pour but d'annuler la différence de valeur qui nous bouleverse, il lui faut, d'une manière ou d'une autre, retirer de sa valeur à la personne qui nous menace, détruire son mérite, rompre le charme qui la rend fascinante à nos yeux. Il lui faut la déprécier.

La première stratégie de l'envie, la plus simple, est la négation de la valeur. Dans notre exemple, les jeunes filles se contenteront de nier que la nouvelle venue soit belle. Elles ne mettront pas en cause le concept de beauté, auquel elles adhèrent. Mais elles chercheront fiévreusement chez leur rivale des défauts, des carences qui leur permettront de dire qu'elle ne mérite pas, en réalité, l'admiration dont elle est l'objet. Elles vont ainsi s'aviser qu'elle est trop petite, ou trop grande, ou trop maigre ou trop grosse, qu'elle a des seins minuscules ou disproportionnés, de vilaines dents, un air dévergondé...

Ce type de discours, le plus souvent, se révèle peu efficace. Nos jeunes filles ne tardent pas à constater que l'autre est toujours aussi admirée et courtisée. Le monde extérieur leur inflige son démenti.

Elles mettent alors en œuvre la deuxième stratégie : la révision de la valeur. Celle-ci consiste à contester les critères de la beauté et à les reformuler d'une manière défavorable à l'intruse. Qu'est-ce que la beauté? se demandent-elles. Une certaine apparence physique, ou bien le charme, la culture, l'intelligence, la grâce ? Chacune des jeunes filles s'efforce de reformuler le concept de beauté en y incluant les qualités que l'autre ne possède pas, et, surtout, les qualités qu'elle est elle-même persuadée de posséder. Et ce travail ne devient efficace qu'à condition de ne pas s'opérer dans la solitude, de ne pas être le fait d'un esprit isolé, une tentative d'autosuggestion, mais s'il est réalisé en communauté, comme une transformation du mode de pensée collectif.

C'est pourquoi les jeunes filles discutent entre elles, argumentent, cherchent ensemble une nouvelle définition de la beauté. Et pourtant, c'est encore insuffisant pour étouffer l'envie car un doute subsistera en chacune d'elles aussi longtemps que toutes les autres ne seront pas convaincues. La valeur enviée a un caractère objectif.

C'est ce qui fait la différence entre le travail de l'envie et les tentatives d'auto-persuasion auxquelles nous nous livrons quand nous sommes sous le coup d'une déception amoureuse. Dans ce cas aussi, nous nions la valeur, nous déclarons que la personne aimée est, en réalité, laide et méprisable. Nous savons, toutefois, que notre appréciation est subjective. Et que c'est nous-mêmes, non les autres, qu'il nous faut convaincre. Dans l'envie, au contraire, ce sont surtout les autres qu'il nous faut convaincre, puisque ce sont eux qui proclament, qui garantissent cette valeur.

Leur tentative de faire passer pour laide la nouvelle venue ayant échoué elle aussi, nos jeunes filles vont mettre en œuvre la troisième stratégie : la projection dévalorisante.

On attribue à la personne enviée des traits de caractère méprisables. Elle est belle, certes, mais elle est idiote, ignorante, hypocrite, sans cœur, avide, mesquine, ambitieuse...

Supposons que cette stratégie, à son tour, échoue sur l'écueil de la réalité. Les jeunes filles parlent de l'intruse avec d'autres membres de la communauté, lancent des insinuations, multiplient les « on nous a dit que... ». Mais elles ne parviennent pas à se faire croire, et aperçoivent dans le regard de leurs interlocuteurs la surprise, la méfiance, un vague soupçon. Ce regard les accuse. Nul ne dira « vous êtes des envieuses », bien que plus d'un, sans doute, le pense. Et quand bien même il ne s'agirait que d'un soupçon, l'idée d'être qualifié d'envieux suffit à provoquer la frayeur.

Les jeunes filles battent en retraite, se font toutes petites. Désormais, elles se bornent à demander des conseils, comme si elles étaient désireuses d'apprendre, soucieuses d'éviter des erreurs. Les voici qui s'éloignent, tremblantes, pleines de rancœur envers leurs interlocuteurs, et plus encore envers la personne enviée. Parce que c'est elle qui les a poussées à s'humilier ainsi. L'humiliation est une blessure trop cuisante, et la belle intruse devra payer, aussi, pour cela.

Elles repartent donc à l'attaque avec une énergie

nouvelle et déclenchent la *calomnie*. Patiemment, prudemment, à travers mille paroles ambiguës, elles entreprennent de semer des rumeurs, elles attribuent à l'intruse des intentions ignobles, des aventures dégradantes et un passé honteux. À telle voisine, elles racontent qu'elle a été aperçue en train d'embrasser un homme marié. À une autre, qu'elle a été renvoyée du collège après qu'on l'ait surprise au lit avec une autre fille. Et ensuite, on ne sait pas comment elle a gagné sa vie. « Elle raconte qu'elle était secrétaire — mais qui va la croire ? »

Supposons, pourtant, que la calomnie échoue comme le reste, qu'elle ne donne pas les résultats escomptés. La communauté, perplexe, se pose des questions mais n'en laisse rien paraître. L'enviée est toujours là, souriante, inconsciente de ce qui se trame autour d'elle.

Les stratégies de l'envie ont échoué. Elles avaient besoin, pour réussir, d'un consensus social que les jeunes filles ne sont pas parvenues à obtenir. Il leur faut donc, maintenant, opter pour une voie alternative, poser le problème de façon radicalement différente. Elles pourront le faire si elles renoncent au désir qui a déclenché l'envie. Si elles parviennent à abandonner la valeur pour laquelle elles luttent, celle qui est au centre de leur compétition.

Jusque-là, elles ont cherché à dévaloriser la nouvelle venue en la salissant, en faisant de sa beauté quelque chose de répugnant. Les voici maintenant qui commencent à désirer de moins en moins la beauté. Elles renoncent à la beauté en tant que valeur pour elles-mêmes.

Ce processus ne demande pas un fort consensus social. Il dépend plus du sujet, de sa capacité à modifier ses propres intérêts, à changer son regard sur le monde, à se redéfinir lui-même.

C'est le déplacement de la valeur. Le sujet ne se concentre plus sur la personne enviée, mais sur la valeur que celle-ci incarne et représente. Il ne cherche plus à dévaloriser l'individu, mais à se libérer de cette valeur, à l'arracher de lui-même. Pour y parvenir, il lui faut toujours passer par une dévalorisation, mais elle n'est que l'instrument de cet abandon. Celui qui se comporte ainsi ne tient pas à ce que tout le monde partage sa façon de penser, il lui suffit d'être convaincu lui-même, de se croire lui-même.

Reprenons notre exemple. L'une des jeunes filles, fatiguée de toutes ces mesquineries envieuses et de la calomnie, décide de changer elle-même. Elle se consacre à un sport, avec détermination, dans un effort pour modifier ses habitudes, pour ne plus penser au passé. Elle prend ses distances avec ses amies d'hier, fuit les commérages. Tout cela, dit-elle, ne la regarde pas, seuls l'intéressent désormais le sport, la vie simple et saine. Elle fréquente des gens qui pratiquent le même sport, qui croient au sport.

Le déplacement de la valeur est une façon d'échapper à l'envie, une guérison.

Le déplacement de la valeur peut même devenir un travail externe, quand il cherche à s'affirmer à travers le prosélytisme. Nous venons d'étudier un cas où le sujet se désintéresse de la beauté sans gêner quiconque. Mais on pourrait facilement trouver des cas dans lesquels, au contraire, le sujet entreprend une véritable croisade contre la beauté en cherchant des appuis pour la condamner socialement. On a vu, de tout temps, des groupes religieux s'en prendre à la beauté, à l'élégance, au luxe, à l'érotisme considérés comme d'abominables iniquités. Le déplacement de la valeur, ainsi, ne se différencie des autres stratégies de l'envie que lorsqu'il se construit sur un renoncement personnel, subjectif.

On peut donc parler de quatre stratégies[2], les unes plus centrées sur la personne enviée et les autres sur la valeur, certaines plus faciles à mettre en œuvre en tant que mécanismes de défense subjectifs et d'autres, au contraire, destinées à produire une réaction sociale.

Toutes les stratégies visent, en définitive, à annuler l'effet négatif de la comparaison en dévalorisant la valeur ou la personne qui l'incarne. Et toutes les quatre, si elles atteignent leur but, annulent l'envie.

Si la jeune fille envieuse réussit à se convaincre que la nouvelle venue n'est pas belle, elle ne pourra même pas l'envier. Elle sera stupéfaite de voir que les autres, et surtout les hommes, continuent à la considérer comme telle. Mais, si elle est vraiment sûre d'elle, elle se dira qu'ils sont idiots, qu'ils ne comprennent rien.

L'envie disparaît de même si on réussit la révision de la valeur, ou l'attribution d'anti-valeurs. L'autre est peut-être belle, mais elle est stupide, dépourvue de tact, et mène une vie honteuse. Pourquoi devrait-on l'envier ? Dans tous les cas où le travail de l'envie est couronné de succès, le sujet se sent délivré de l'angoisse de la comparaison.

En quoi, alors, consiste l'envie, *si son travail y met fin ? L'envie n'est autre que le travail de l'envie.* Elle s'installe de façon durable quand aucune de ces stratégies n'aboutit à un résultat définitif, quand le sujet hésite sur celle qu'il veut mettre en œuvre.

Les jeunes filles éprouvent de l'envie quand elles oscillent entre deux options : soit reconnaître la beauté de la nouvelle venue, soit la nier. Entre l'acceptation consensuelle des critères de la beauté et le refus, entre la tentation de conserver leurs anciens intérêts et celle d'en trouver de nouveaux. L'envie se nourrit de cette incapacité de choisir entre l'adhésion et le renoncement.

L'envie est tissée d'incertitude, de doute, de tentatives et de reculs. Elle est la conséquence de l'échec, du naufrage des stratégies que l'individu met en œuvre pour modifier ses propres critères d'évaluation. L'envie, nous l'avons déjà dit, est un mécanisme de défense contre une comparaison défavorable, négative. Mais c'est un mécanisme de défense qui échoue. L'expérience de l'envie, son tourment, ses ravages, sont la conséquence de ces tentatives répétées et inutiles.

13

Le prosélytisme envieux

L'envieux est sans cesse à la recherche de complices. Il va de l'un à l'autre, cherchant à savoir ce que chacun pense de la personne qui l'obsède. Ont-ils pour elle de l'estime ? Lui trouvent-ils réellement du mérite ? Comment voient-ils sa réussite ? L'envieux s'entête à poser des questions comme s'il tenait à savoir ce qu'il en est réellement. Et, en même temps, espère que la réponse sera négative. Il espère s'entendre dire : « Untel ? Mais ce n'est qu'une baudruche ! Sa dernière production ne vaut pas un clou. Tout le monde le sait. Ces cochonneries sont à la mode, alors il s'y met lui aussi. C'est ce qu'il a toujours fait, d'ailleurs. » Il espère une réponse qui le confirmera dans son désir, dans sa tentative de déprécier l'autre.

Le travail de l'envie n'est pas seulement une tentative de se convaincre soi-même, mais aussi et surtout une tentative de convaincre les autres, de les pousser à réviser leur jugement.

Revenons à l'exemple du petit village bouleversé par l'arrivée d'une très belle fille. Les femmes les plus haut placées dans la hiérarchie de la beauté se sentent menacées. Les hommes regardent la nouvelle venue, échangent des commentaires, des appréciations flatteuses. On voit alors se déclencher le travail de l'envie, qui consiste à remettre en question sa beauté, ou à lui trouver d'autres défauts. Toutes celles qui se sentent menacées, atteintes par cette intrusion, tendent à se coaliser, à trouver un accord entre elles, et utilisent les structures de pouvoir de la communauté pour imposer leur point de vue. Elles font le siège, pour les convaincre, de quelques dames influentes dans les cercles où se forge l'opinion publique : salons, clubs, associations, bonnes œuvres. Celles-ci n'étaient pas envieuses de la nouvelle venue. Mais il suffit d'attirer leur attention sur elle, et de faire en sorte qu'elles voient en elle une possible rivale. Toutes ont des maris, toutes redoutent, quelque part, l'arrivée de celle qui pourrait les leur prendre. Le travail de l'envie va insister sur le fait que cette fille est une coureuse, qu'elle a déjà à son actif de nombreuses conquêtes, que son prestige et son influence auprès de la gent masculine s'accroissent dangereusement.

Chemin faisant, on va lui trouver un surnom bien péjoratif. Chaque fois qu'on parle d'elle, on échange de petits sourires entendus. Les hommes, piqués dans leur curiosité, cherchent à savoir. On les fait ainsi participer aux commérages, au jeu du « il paraît que... » et on les implique dans la campagne de dénigrement, de dégradation de l'image de l'intruse.

Jusque-là, ils se contentaient d'apprécier la belle. Ils lui trouvaient bien plus de qualités que de défauts. Mais les voici qui entrent dans le jeu. Quelques-uns se mettent à employer le vilain surnom. Ils écoutent, désormais sans protester, ce que les femmes disent d'elle. Ceux qui continuent à secouer la tête en entendant toutes ces rumeurs malveillantes sont peu nombreux, et isolés. Ils ne sont pas en mesure de renverser le cours des choses.

L'œuvre de dénigrement finit par atteindre, bien entendu, la personne enviée. Elle était fière, sûre d'elle et de sa beauté, aimable avec tout le monde, souriante et sereine. Puis elle s'aperçoit que quelque chose a changé. Elle surprend de vilains regards, des ricanements. À son approche, on baisse le ton, et on change de sujet. Une fête a lieu, à laquelle tout le monde est invité, sauf elle. Ou bien l'invitation arrive trop tard. Une matrone lui fait des observations sur sa façon de s'habiller, jugée trop provocante. Un homme, qui l'avait jusque-là traitée avec respect, se permet soudain des mots ou des gestes vulgaires. Une amie lui rapporte quelques ragots entendus sur son compte. Elle perd de son assurance, évite d'attirer l'attention, choisit des tenues plus modestes, plus banales ou plus masculines. Petit à petit, elle gomme sa beauté. Elle obtempère, en fait, à l'injonction de la communauté : elle disparaît !

Y a-t-il une grande différence quand le prosélytisme se manifeste dans un champ où l'enjeu n'est pas constitué par la beauté, mais par des valeurs plus élevées comme le pouvoir politique, voire la science et l'art ?

Dans le *Jules César* de Shakespeare, c'est un envieux, Cassio, qui est à l'origine de la conjuration politique. César lui-même avait bien aperçu cette envie : « Les hommes comme lui ne trouvent jamais la paix car ils ont sous les yeux quelqu'un de plus grand, et cela les rend dangereux... » Cassio, dans son œuvre de dénigrement, dans sa volonté d'abaisser César, de l'affaiblir politiquement, se cherche des complices. Il s'efforce avant tout à convaincre Brutus, car celui-ci est un homme sincère, aimé du peuple.

Avec lui, toutefois, il ne peut recourir à de viles calomnies — il ne serait pas cru. Il va donc abaisser et diminuer César de façon plus subtile, en insistant sur sa faiblesse de caractère. César n'est pas un Dieu, comme le croit Rome, ni un guerrier valeureux et indompté, mais un homme comme les autres, et même plus peureux que les autres. Pour sa démonstration, Cassio fait appel à des faits réels, à des souvenirs personnels. Il raconte qu'un jour, César l'a invité à se jeter avec lui dans le fleuve Tevere, avec son armure et tout son équipement. Puis que, sur le point de se noyer, le grand César a appelé à l'aide, implorant Cassio de lui sauver la vie. Puis il évoque un autre épisode de la vie de César, saisi par la fièvre alors qu'ils se trouvaient tous deux en Espagne : «Je l'ai bien observé — et dans l'accès, il tremblait. C'est vrai : ce dieu tremblait ! Ses lèvres lâchement fuyaient leur couleur. Et ce même œil dont un clignement terrifie le monde avait perdu son éclat. Je l'entendis gémir, oui ! Et sa voix qui ordonne aux Romains de l'écouter et graver ses discours, hélas, elle criait "Donne-moi à boire, Titinius !" comme une enfant malade. Ô dieux ! Je suis abasourdi qu'un homme d'une trempe si débile puisse mener le glorieux univers et porter seul la palme.»

Mais comme Brutus n'est pas naturellement envieux, comme il n'est pas tenté de se comparer à César, il le pousse à le faire, il le lui suggère :

«Brutus, César : qu'y aurait-il dans ce César ? Pourquoi ce nom ferait-il plus de bruit que le vôtre ? Écrivez-les ensemble : le vôtre est aussi beau ; prononcez-les : ils résonnent aussi bien. Pesez-les : il est aussi lourd ; et chargez-les d'invoquer les démons : Brutus vaudra César. Alors, au nom de tous les dieux, quel aliment a donc nourri César qu'il devienne si grand ! Ô siècle honteux ! ... Qui jadis eut dit parlant de Rome, un seul homme est enclos dans ses vastes murs ?»

Et comme cela ne suffit pas, il s'efforce de donner à Brutus l'impression que les citoyens de Rome pensent comme lui :

«J'irai ce soir jeter par ses fenêtres des billets de plusieurs mains où divers citoyens seront censés dire quel haut respect pour Rome garde son nom ; avec des mots obscurs sur l'ambition de César... ».

Mais une fois que Cassio a atteint son but, et qu'il est certain d'avoir retourné Brutus, il le méprise pour ce retournement : « Va, Brutus, tu es noble, mais je vois que l'or de ton honneur peut être dépouillé de sa vertu native. Donc il faut que les nobles esprits se prêtent main forte... Fussé-je Brutus, et Brutus Cassius, César ne m'enjôlerait pas *. »

L'envieux cherche des complices, multiplie les efforts pour augmenter leur nombre, mais au fond de lui-même, il les considère comme des sots et se moque d'eux. C'est comme s'il disait : « Mais comment pouvez-vous me croire ? Comment pouvez-vous ne pas voir que je suis de mauvaise foi ? Comment pouvez-vous être aussi naïfs ? »

Passons dans le domaine des lettres et des arts, où le commun s'imagine que l'envie n'existe pas. Sous prétexte qu'on n'y trouve que des créateurs, des esprits distingués.

Mais c'est aussi un monde peuplé de gens qui veulent créer quelque chose d'unique, de supérieur, d'immortel. Habités par un immense désir d'exceller, d'atteindre la perfection, ils sont, en même temps, extrêmement fragiles : qui peut se vanter d'être certain de sa propre valeur ? Paul Valéry a laissé des pages magnifiques sur ce qu'il appelle les professions délirantes, dans lesquelles

---

* Traduction Yves Bonnefoy. (*N.d.T.*)

chacun veut désespérément s'affirmer, dire sans cesse «Moi, Moi, Moi», mais est forcé de se comparer à un autre, puis à un autre, à un autre encore et ainsi de suite. Et où tout ce que font les autres est pour chacun comme une épine en plein cœur, une cause de tourment.

L'histoire de l'art et de la littérature offre une longue suite de rivalités féroces entre grands artistes. Michel-Ange ne supportait pas Raphaël, et ne lui reconnaissait pas le moindre talent. Même après la mort de celui-ci, il répétait encore que tout ce que Raphaël savait en matière d'art, il le lui devait[1].

Un autre exemple particulièrement féroce de prosélytisme envieux nous est offert par la cabale contre Racine lors des premières représentations de *Phèdre*. Racine n'était pas encore un auteur reconnu, il avait de nombreux rivaux, et ceux-ci, pour compromettre sa dernière œuvre, soudoyèrent un dramaturge médiocre et intrigant, un dénommé Pradon, pour qu'il compose, en un temps record, un drame épique intitulé *Phèdre et Hyppolite*. Puis ils se rassemblèrent pour lui faire un triomphe. Le public se laissa prendre à cette supercherie et pour la première représentation de sa pièce, Racine trouva un théâtre vide et une critique féroce. Racine n'avait que trente-huit ans lorsqu'il décida d'abandonner le théâtre, et l'amertume provoquée par cette injustice compta sans doute pour beaucoup dans ce renoncement[2].

Cervantès, lui aussi, se vit opposer un médiocre, de Avellaneda, pour contrer le succès de son *Don Quichotte*.

Rien n'a changé depuis. Il y a toujours des communautés artistiques, et en particulier une «république des lettres» dont les citoyens se connaissent très bien les uns les autres. Ils ont travaillé dans des maisons d'édition, ont publié des essais et des romans. Ils tiennent des rubriques dans les journaux, ou à la télévision. Chacun a eu l'occasion de juger les autres et d'être jugé par eux. Chacun tient compte de l'opinion des autres et a besoin de leur appui quand il publie une nouvelle œuvre.

Tous les groupes artistiques ou professionnels, à commencer par notre « république des lettres », tendent à s'accroître par cooptation. Ils sont régis par des lois implicites ou explicites pour l'apprentissage des jeunes, les critères de jugement qui leur sont appliqués, les passages obligés et les examens destinés à reconnaître leur valeur. On demande au novice de respecter les anciens, d'imiter leur style, de participer à leurs réunions, de se plier aux usages et aux rites par lesquels il est censé manifester estime et déférence. La République, de même, impose les sujets de conversation et les débats auxquels chacun se doit de prendre part, décrète les modes, définit le moderne et ce qui est digne d'intérêt et rejette, au contraire, ce qui est dépassé. Il faut, pour faire carrière, connaître ces lois et s'y conformer ou, à tout le moins, s'abstenir de les violer trop brutalement.

Mais voici qu'un individu qui ne connaît même pas les représentants de la corporation, qui ne les respecte pas, qui se moque complètement de ce qu'ils ont fait ou feront, qui ne dialogue pas avec eux, qui les ignore, voici que cet individu, en dépit de tout cela, fait un triomphe auprès du public, se voit courtisé par les éditeurs, assiégé par les journalistes de la télévision. Dans ce cas, l'envie de ceux qui se sentent directement atteints trouve un écho auprès de tous ceux pour qui ce mépris des règles est un véritable affront. Les premiers n'auront aucun mal à mobiliser tous les autres dans un mouvement de rejet massif de la corporation. Le nouvel auteur est unanimement traité d'arriviste, d'incapable, d'ignorant.

Quand la corporation est très structurée, très fermée, le refus de l'intrusion est si prompt, si total, qu'on ne peut même pas parler d'envie. Les membres de la corporation ne sont même pas en mesure de comprendre ce qu'a fait le malheureux. Pour exister, l'envie demande qu'on apprécie, fut-ce de manière fugace, la valeur qu'on s'appliquera à nier aussitôt après. Mais dans ce cas, en l'absence de ce premier mouvement d'appréciation, l'étranger est immédiatement considéré comme un incapable, un bouffon. À la place de l'envie, explosent le mépris et l'indignation.

Une question surgit à ce stade de notre réflexion : si l'envie est une force aussi férocement conservatrice, si les groupes professionnels, les académies, les corporations se sont toujours montrés aussi hostiles à l'émergence d'un individu, s'ils y ont toujours fait obstacle, comment le progrès humain a-t-il été possible ? Comment l'innovation a-t-elle jamais pu voir le jour ?

À travers deux grandes forces : les mouvements et le marché. Nous parlerons plus loin des mouvements, quand nous traiterons du sens de la justice et des procès collectifs. Concentrons pour l'instant notre attention sur le marché. Et partons, pour cela, d'un exemple concret.

Quand le tout jeune metteur en scène Giuseppe Tornatore a présenté son film *Nuovo Cinema Paradiso* *, il a été plus que fraîchement accueilli en Italie. Les critiques en ont parlé comme d'une œuvre insignifiante et obtuse, les distributeurs l'ont ignoré, et il n'a fait qu'une apparition fugitive dans les salles de cinéma. Les choses en étaient là, et l'on s'apprêtait à jeter le film au rebut quand, par

* Distribué en France sous le titre *Cinéma Paradiso*. (*N.d.T.*)

chance, il fut distribué dans d'autres pays européens, et surtout aux États-Unis, où il fut bientôt reconnu pour ce qu'il valait et récompensé par un Globe d'or, puis par un Oscar. Après ce triomphe sur le marché américain, il revint en Italie et l'on vit nos critiques expliquer, pleins de suffisance, que ce *Nuovo Cinema Paradiso* présentait, effectivement, un certain intérêt.

En réalité, *Nuovo Cinema Paradiso* n'a pu s'affirmer que parce qu'il avait réussi à échapper à la censure envieuse des petits clercs du cinéma italien. Parce qu'il avait été assez chanceux, ou habile, pour fuir loin du regard méfiant et hostile des vieux, lesquels avaient fort bien perçu le talent prometteur du nouveau metteur en scène et s'étaient démenés pour l'étouffer dans l'œuf. Parce qu'il avait pu être vu par des gens qui ne redoutaient nullement son succès. Des gens que la réussite de son auteur ne concernait pas, des gens qui n'étaient pas en compétition avec lui et pouvaient poser sur lui le regard objectif et sans préjugés des hommes d'affaires.

Parce qu'ainsi se définit, en fait, le marché : un mécanisme par lequel celui qui achète et qui vend une marchandise ou un service est autorisé à ne rechercher que son propre intérêt économique, en dehors de toute autre considération et à l'abri de toute interférence.

Ceux qui ont lancé le film de Tornatore ne l'ont pas fait en vertu d'une quelconque sensibilité culturelle, ou par simple bonté d'âme, mais guidés par leurs propres calculs économiques. Ils y ont vu une affaire, et l'ont réalisée. Les petits clercs du cinéma italien n'y avaient vu qu'une menace, et lui avaient fait barrage.

Ainsi le marché, en tant qu'institution autonome échappant aux pressions et aux conditionnements, est bien la grande force qui permet de mettre en échec les envies locales. Les opérateurs du marché sont indifférents aux comparaisons relatives, ne subissent pas l'influence de la propagande envieuse, des manipulations idéologiques auxquelles se livrent les différentes chapelles en présence. Grâce à eux, une œuvre porteuse d'innovation peut atteindre un public que la comparaison envieuse ne concerne pas, un public disposé à reconnaître les mérites de quiconque sait le divertir, l'émouvoir, lui offrir quelque chose de nouveau.

Le marché, en substance, est un champ social dans lequel les choix sont opérés par des gens exempts de toute envie à l'égard de celui qui a créé l'œuvre, produit l'innovation : les « lointains », par opposition aux « voisins », ceux qui n'entretiennent aucune relation sociale avec lui. Autrement dit, les indifférents — mais aussi, les objectifs.

Si l'humanité dépendait, pour son progrès, de l'opinion des groupes, des académies, des corporations intéressées, elle n'aurait guère avancé.

Un domaine, toutefois, semble faire exception. Celui de la science. On n'y voit pas de juges extérieurs comme dans la littérature, le cinéma, l'art en général. Ni de marchands déployant leur activité en direction du public. Là, le jugement reste confiné dans le cercle de ceux qui se consacrent à la recherche, des « scientifiques » proprement dits. Les scientifiques sont seuls autorisés à prendre des décisions sur les choses de la science.

On connaît l'extrême rigueur avec laquelle procèdent les corporations scientifiques. Les plus prestigieuses revues de médecine, de chimie ou de physique sont dotées de comités de rédaction qui refusent impitoyablement de publier tout article qui ne répond pas à de sévères critères de crédibilité. Pourquoi ne sont-elles pas, elles aussi, paralysées par l'envie ?

Grâce à deux mécanismes. Le premier est de caractère moral et peut être rapproché de l'éthique sportive. Les scientifiques modernes sont tenus de publier et d'exposer les résultats de leurs recherches sans rien cacher, sans rien déformer et de telle sorte que les autres puissent reproduire leurs expérimentations. Nul ne peut formuler un jugement définitif sur leurs travaux tant que la communauté scientifique internationale n'a pas procédé à cette vérification. Et la vérification, dans la science moderne, est toujours, au bout du compte, empirique, expérimentale. Nombreux sont ceux qui peuvent reproduire l'expérience ou se déplacer pour y assister en personne. C'est la réalité, la dure loi des faits qui, en dernière analyse, décide de qui a raison et de qui a tort. Exactement comme dans les ports. Le talent oratoire ou l'art de la manipulation comptent pour fort peu.

Le deuxième mécanisme est, une fois encore, le marché. La science moderne alimente la technologie, et toute découverte débouche sur une ou plusieurs applications pratiques. Les entreprises suivent le progrès scientifique avec beaucoup d'attention, elles le favorisent, assurent sa promotion et sont promptes à en exploiter les avancées. S'il n'existe pas de « marché » pour les idées scientifiques, il y en a un, florissant, pour leurs applications. La corporation envieuse pourrait, certes, pour dévaloriser tel de ses membres, s'efforcer de garder secret tel résultat obtenu par celui-ci, mais la communauté des affaires dispose d'une puissance et de méthodes propres à l'en dissuader.

Ainsi, dans le domaine de la science comme ailleurs, ce sont les « lointains » qui permettent le progrès. Ou encore les chercheurs géographiquement éloignés, qui n'ont que faire des chamailleries de telle ou telle communauté scientifique, ou les opérateurs économiques et financiers, qui ont des objectifs et une mentalité radicalement différents. Et qui, par là même, sont les meilleurs garants de l'objectivité.

Ce qui vient d'être dit concernant les sciences physiques et naturelles ne vaut pas pour les sciences humaines : la psychologie, la sociologie, l'anthropologie, et moins encore pour la philosophie. Dans ces domaines, les préférences pour une théorie ou pour une autre dépendent d'exigences sociales profondes et souterraines, de groupes de pouvoir, d'intérêts politiques et économiques. C'est ce qui rend possible une sociologie de la connaissance, autrement dit l'étude des facteurs et des processus qui font prévaloir telle ou telle conception philosophique ou idéologique[3]. Ces sciences sont, plus que les autres, influencées par les rivalités, et par l'envie.

14

La mauvaise foi

L'envie est fondée sur le mensonge et la mauvaise foi. On ment aux autres, on se ment à soi-même. On s'efforce de masquer, et de se masquer, une vérité déplaisante, ou de présenter comme vérité un mensonge qui nous convient[1].

Nous avons vu que le « travail » de l'envie est une tentative de se prouver à soi-même et de prouver aux autres que la personne enviée n'a pas la valeur qu'on lui prête. Ou encore, qu'il ne s'agit pas d'une réelle valeur parce que les choses qui comptent sont tout autres. Dans notre effort pour mener à bien cette démonstration et en faire admettre la conclusion, nous sommes « presque » convaincus de dire la vérité. Quand nous dénonçons l'erreur dans laquelle tout le monde est tombé sauf nous, un zèle sacré nous anime, nous avons l'impression d'accomplir un devoir de justice sociale. « Allons, allons — disons-nous — ne vous laissez pas tromper par les apparences ! Soyez objectifs, regardez les choses d'un œil impartial, et vous ne tarderez pas à vous rendre compte que vous admirez quelqu'un qui ne le mérite pas. Qui ne vaut pas plus que vous et moi. »

Quand nous disons cela, pourtant, ou tout de suite après,

nous sommes conscients d'avoir menti en lançant cette dénonciation. En invitant les autres à regarder la vérité en face et à la dire, n'obéissions-nous qu'à un désir désintéressé de vérité ? Ne cherchions-nous pas à leur forcer la main ?

La recherche de la vérité ne devrait avoir d'autre motivation que la connaissance, d'autre fin qu'elle-même. Mais nous poursuivions un autre objectif : nous libérer de la présence encombrante de quelqu'un, de sa beauté, de sa richesse, de son intelligence ou de sa réussite. Nous prenions plaisir à découvrir ses limites, ses manques. Non pas le pur plaisir de la connaissance, mais le plaisir impur qu'on prend à blesser, à faire du mal, à « ouvrir les yeux » d'autrui, à se griser de vertueuse indignation.

Un observateur extérieur qui aurait la possibilité de nous observer et de lire dans nos pensées ne s'y tromperait pas : les motivations de notre « effort de vérité » et de notre prosélytisme sont loin d'être pures.

La mauvaise foi, ainsi, ne consiste pas à nous raconter à nous-mêmes telle ou telle chose que nous savons inexacte. Elle est plutôt une recherche partiale, un effort biaisé. Rechercher, découvrir, mettre en évidence, rappeler, révéler tout ce qui peut servir une certaine fin, et au contraire négliger, ignorer, occulter ce qui ne peut la servir ou risque d'y faire obstacle. La mauvaise foi est intention malveillante, action pratique, tandis que la connaissance n'est qu'un moyen, un instrument.

Quand nous constatons que le tour pris par notre recherche, par nos pensées, par nos réflexions satisfait notre agressivité, dévalorise la personne qui nous déplaît, nous nous y laissons aller de bon cœur. Si nous avons, au contraire, l'impression que tout cela nous conduit à apprécier cette personne, à lui reconnaître une valeur, nous éprouvons un malaise, et changeons bien vite le cours de nos pensées.

Dans tous les processus de recherche, nous procédons par hypothèses. Puis par le raisonnement ou par le recours à des données empiriques, nous écartons les hypothèses jugées mauvaises et retenons celles qu'il nous est impossible de réfuter. Une recherche sera objective si je n'ai aucune préférence pour un type particulier de réponse. Si je ne penche pas de façon partiale en faveur de telle ou telle hypothèse. Je pose une question, puis je me garde ouvert et disponible, prêt à accueillir toutes les réponses, même les plus inattendues, ou les plus déplaisantes.

Dans l'envie, tout commence pour moi par une question : «Cet homme est-il vraiment cultivé?» Mais à l'instant où je me pose cette question, je sais déjà quelle est la réponse que je préfère : «Non, il ne l'est pas.» Donc, si des raisons de le croire me viennent à l'esprit, ou si les apparences me le confirment, j'exulte. Si, au contraire, je suis forcé d'admettre que cette personne est réellement cultivée, j'en ressentirai de l'amertume et, aussitôt, je commencerai à développer l'une des stratégies de l'envie en me posant une autre question : «Mais sa culture ne serait-elle pas simplement de l'érudition?» Et je continuerai ainsi, en abandonnant chaque fois la voie qui me conduit à reconnaître la valeur de cette personne pour m'engager dans toutes celles qui me permettent de la nier.

Peu à peu, j'élaborerai ainsi un faisceau d'arguments, de preuves et d'explications rassurantes. Puis je chercherai à les confirmer en les soumettant à d'autres personnes. Si mon prosélytisme aboutit, s'il se trouve des gens prêts à se mobiliser contre l'envié, un consensus s'établira sur mes raisonnements, et le travail de l'envie sera couronné de succès. Tous ensemble, nous parviendrons à expulser ce corps étranger, et l'envie disparaîtra.

Si, à l'inverse, mes interrogations provoquent des jugements divers, certains favorables et d'autres négatifs, le travail de l'envie n'atteindra pas son but. Je me retrouverai seul avec mes raisonnements et mes arguments et, tôt ou tard, le doute reviendra me tourmenter. Parce que mon argumentation n'aura pas une force suffisante. Je sais que j'ai été partial, que j'ai privilégié l'un des termes de l'alternative, que j'ai fait pencher la balance du côté qui me convenait, et occulté tout ce qui pouvait déboucher sur des conclusions déplaisantes pour moi.

J'ai besoin du consensus social. S'il me fait défaut, il y aura toujours un moment où, sans crier gare, la forteresse de justifications derrière laquelle je me suis retranché me paraîtra soudain extrêmement fragile, inconsistante. C'est une expérience analogue au jeu de la figure et du fond dans les processus de perception visuelle. Ou au retour du refoulé dans la psychanalyse. Ce qu'on avait écarté de la conscience réapparaît tout à coup et génère de l'angoisse. Dans ce cas, je ressens une violente impression d'échec et de misère morale. Ce n'est pas vrai ! Il avait réellement de la valeur ! Je me sens écrasé par ma nullité et par ma duplicité — et je ne peux plus me les cacher à moi-même.

L'échec du travail de l'envie, ainsi, ne provoque pas une « morsure » d'envie, mais me livre sans défenses à l'évidence que j'ai tout fait pour refuser : la valeur de l'autre. J'en reste, un instant, désarmé. Je suis tout près de m'y rendre, d'admettre la supériorité de l'autre et ma propre misère. S'il était là, je pourrais lui demander pardon, me jeter à ses pieds, l'étreindre, comme le font certains héros des romans de Dostoievski. Mais il s'agit d'une phase qui ne dure pas longtemps. Je me ressaisis bien vite, je retrouve mes attitudes coutumières et, avec elles, je reprends mon « travail » de dénigrement. Tel un naufragé, je m'accroche à une nouvelle hypothèse, à une phrase entendue de la bouche de quelqu'un, et je recommence à argumenter. L'envie est tenace, l'échec ne la décourage pas, elle ressurgit sans cesse sur les ruines de son travail. L'envieux, dans sa solitude, est un Sisyphe condamné à pousser jusqu'au sommet d'une montagne des roches qui ne cessent de retomber dans la vallée.

Ce qui ne marche pas au niveau individuel peut toutefois réussir à l'échelle du groupe, de la société. Ce qui, chez un individu isolé, ressort de la mauvaise foi parce qu'il sait, dans le secret de son âme, qu'il se ment à lui-même, va être répété, amplifié par la propagande, scandé sous forme de slogans, démontré par les intellectuels, soutenu par des invectives, des accusations, des persécutions... et sera finalement cru par la masse. Le mensonge, l'affabulation, la calomnie deviendront ainsi catéchisme idéologique, croyance incontestée, dogme. Faire de la propagande, ce n'est pas penser, mais agir. Le propagandiste qui ne croit pas à ce qu'il proclame est tout aussi efficace que celui qui y croit. L'ensemble de ces affirmations induit chez les autres des certitudes ou, à tout le moins, étouffe toute velléité critique. Mille propagandistes de mauvaise foi peuvent produire un peuple de croyants.

Revenons en arrière, pour retrouver l'individu en proie à l'envie qui commence son travail à l'intérieur de lui-même et en direction des autres. Considérons l'envieux avec ses pensées, son sentiment d'échec, son obsession pour la personne qui lui semble plus belle, plus riche, plus heureuse, plus chanceuse que lui et dont il cherche vainement à détourner son regard. Observons-le qui cherche fiévreusement des raisons pour lui dénier toute valeur, observons ses doutes et ses échecs.

Toutes ces émotions, ces raisonnements, cette activité fébrile, l'envieux est obligé de les dissimuler soigneusement à son entourage. C'est l'une des caractéristiques de l'envie : elle est, d'abord, un *secret*.

L'envieux redoute d'être découvert en train de se comparer à quelqu'un d'autre, et fait tout pour l'éviter. Il est méfiant, circonspect, il craint que les autres ne s'aperçoivent de quelque chose, qu'un doute ne les effleure. Il use de stratagèmes pour détourner d'éventuels soupçons.

La comparaison envieuse est un fait social. Elle se développe face à un public, à un jury qui nous apparaît très critique et très exigeant. C'est devant ce jury que nous voulons faire bonne figure, c'est devant ce jury que nous avons honte si nous ne réussissons pas à nous hisser à la hauteur de l'autre. Si tous ces juges disparaissaient d'un coup, nous ne redouterions plus leur sentence, et notre envie elle-même disparaîtrait. C'est pourquoi nous tenons, avant tout, à éviter d'attirer leur attention sur la comparaison à laquelle nous nous livrons. Car cela reviendrait à orienter leur enquête, précisément, vers la différence qui nous fait souffrir, à la révéler au grand jour.

Nous ne voulons pas leur faire sentir que nous nous sentons diminués, abaissés, vaincus, que nous admirons la supériorité de l'autre et que nous en souffrons. L'admettre reviendrait à détruire tous nos mécanismes de défense, à rendre impossible le travail de l'envie. Comment pourrais-je dire de telle ou telle personne qu'elle ne vaut rien si je commence par m'avouer fasciné par elle ?

L'envie, donc, doit soigneusement cacher notre désir,

notre intérêt, et mettre en scène son contraire : notre indifférence, notre supériorité.

Quand nous parlons de la personne qui nous empêche de trouver le sommeil, à laquelle nos pensées nous ramènent sans cesse avec rage et obstination, il nous faut prendre l'air de celui qui tombe des nues : « Untel ? Oui, en effet, il me semble avoir déjà entendu ce nom. Qu'a-t-il fait, au juste ? »

L'envieux ne doit rien laisser paraître de ses sentiments agressifs. Chaque fois qu'il parle de l'envié, il doit feindre de ne pas le connaître, ou manifester à son égard des sentiments amicaux. « J'ai vraiment beaucoup d'affection pour lui. Mais dans ce cas, toutefois, je ne peux que le critiquer. Dans son propre intérêt... »

L'envieux, ainsi, est forcé de mentir. Forcé de mettre en scène un désintérêt, une ignorance, une amitié complètement factices. Forcé de mettre en scène le contraire de ce qu'il éprouve réellement. Il est avili, humilié, impuissant, et feint d'être joyeux, satisfait et sûr de lui. Il joue la comédie de l'amitié, de l'affection et de l'estime pour quelqu'un qu'il déteste.

L'envie, ainsi, n'est pas seulement mauvaise foi, mais aussi falsification et conscience de la falsification, c'est-à-dire mensonge. C'est une mise en scène mensongère, continue, prolongée, faisant appel à toutes sortes de ressources intellectuelles, d'astuces. C'est ce que fait Iago avec Othello.

La mise en scène mensongère, le fait d'être en permanence contraint de feindre des sentiments que l'on n'éprouve pas, de dire des choses que l'on ne pense pas, inter-réagit avec la mauvaise conscience. Dans la mauvaise foi, il y a le doute. L'envieux sait qu'il ne vaut pas grand-chose, il sait qu'il ne dispose pas de bons arguments. Il passe par des crises successives, et finirait par céder s'il n'était pas obligé de tenir son rôle. Un rôle plus facile à tenir devant les autres que vis-à-vis de soi-même.

L'envie est, en définitive, une grande représentation mensongère dans laquelle l'acteur voudrait sortir de son rôle, mais ne parvient pas à le faire. Il ne peut dire la vérité sur lui-même, car il lui faudrait pour cela dire qu'il a détesté quelqu'un qu'il estimait supérieur à lui, et qu'il a menti à tout le monde.

15

La provocation

Nous avons supposé, jusqu'ici, qu'entre l'envieux et l'envié n'existait aucune interaction. C'est l'envieux qui pense, rumine, complote. L'envié ne fait rien. Il se contente d'être présent, d'exister.

Mais il est certain que, concrètement, les choses ne se passent pas toujours ainsi. Il arrive que l'envié se pavane, fasse étalage de sa réussite, s'en vante d'une façon insultante pour l'envié. C'est la provocation.

Un certain nombre de rites, dans la vie quotidienne, nous commandent d'être prudents, de faire preuve de modération chaque fois que nous avons heureusement conclu une affaire, remporté un prix ou une victoire. En présence d'une personne ayant participé à la même compétition, nous minimisons notre performance, nous invoquons le coup de chance pour ne pas heurter la susceptibilité de cette personne, froisser son amour-propre.

Certains, toutefois, adoptent l'attitude inverse, se vantant de leurs richesses et de leurs succès en présence de leurs amis et de leurs collègues jusqu'à provoquer chez ceux-ci une réaction envieuse. On trouve dans la Bible un très bel exemple de ce comportement : l'histoire de

Joseph, à propos de laquelle Thomas Mann a écrit un livre délicieux.

Jacob avait eu douze fils. Six de sa première épouse Lia, quatre de ses concubines Silpa et Bilha, et deux, enfin, de sa deuxième épouse adorée, Rachel. Le premier de ces fils né de Rachel était Joseph — il n'était donc pas l'aîné. Mais c'était un garçon magnifique, porteur du don de prophétie, et tous étaient frappés de sa ressemblance avec sa défunte mère. Jacob voulait lui donner un droit d'aînesse au détriment du premier fils de Lia, Ruben.

Joseph était conscient de l'adoration que lui vouait son père, et conscient de sa propre valeur. Avec ses frères, il ne se comportait pas en égal, mais comme un émissaire du père. Ce qui ne manquait pas d'entraîner des réactions d'envie et de mauvaise humeur. Et la situation devint explosive le jour où il parvint à se faire offrir par Jacob le riche manteau nuptial de Rachel, sa mère. Revêtu de ce vêtement somptueux, il se pavanait devant les autres, persuadé qu'ils ne pourraient que l'admirer et applaudir à son élégance.

Fatale erreur de présomption et de superbe, observe Thomas Mann, car : « Depuis Adam et Ève, depuis que l'être unique est devenu deux, quiconque veut survivre doit être capable de se mettre à la place d'autrui ; pour se connaître vraiment soi-même, il faut se regarder avec les yeux d'un étranger. Mais Joseph ignorait ces règles. La confiance aveugle qu'il avait en lui-même lui faisait croire que tous l'aimeraient plus qu'ils s'aimaient eux-mêmes, et qu'il n'avait pas à se soucier de leurs propres sentiments[1]. »

Les frères, revenus de leur stupeur, accusèrent Joseph d'être un menteur, une vipère, un intrigant qui avait circonvenu et escroqué leur vieux père.

Plus violente encore fut leur réaction quand Joseph, imprudemment, s'avisa de leur raconter deux de ses rêves. Dans le premier, les onze gerbes de blé liées par ses onze frères s'inclinaient devant lui. Dans le deuxième, c'étaient le soleil, la lune et onze étoiles qui s'inclinaient devant lui. Ainsi, non seulement ses frères, mais aussi sa mère et son père, symbolisés par la lune et le soleil, lui rendaient-ils hommage.

Une discussion s'ouvrit entre les frères : Joseph avait-il inventé ces rêves dans le seul but de les provoquer, ou bien lui avaient-ils réellement été envoyés par Dieu ? C'est cette dernière hypothèse que semblait retenir Ruben, mais non les dix autres car — dit encore Thomas Mann — « Seul Joseph était au centre de toutes leurs pensées. Si Dieu l'avait élu à leur détriment, s'il avait, honteusement, fait s'incliner leurs gerbes devant la sienne, cela signifiait simplement que Dieu, comme Jacob, s'était laissé embobiner par Joseph. »

Joseph voulait être aimé et admiré par ses frères, il voulait leur faire reconnaître sa supériorité. C'est un désir commun à tous ceux qui excellent, qui émergent du lot : voir leur valeur reconnue, se sentir aimés par les autres. Comme est aimé le leader, le gourou, le maître ; comme sont aimés le virtuose, l'acteur, le chanteur qui, à la fin du spectacle, reçoivent les applaudissements enthousiastes de leur public. Écoute, lui disent ces applaudissements, et sache que nous t'aimons parce que tu es grand, parce qu'en toi s'incarne la beauté, parce que ton talent, ta grandeur et ta réussite nous élèvent et nous rendent heureux.

Telle est la récompense, le prix, le but véritable de celui qui cherche la réussite : cette reconnaissance, cet amour exaltant. Telle est la signification des applaudissements, des prix, des médailles, des éloges solennels, des célébrations. La société prend en charge ce désir, exalte les mérites du champion et le désigne comme un objet d'amour et d'admiration.

Il y a pourtant un accord tacite entre le vainqueur et ceux qui le portent en triomphe. Il attend les acclamations du public. Si elles ne viennent pas, son attente devient anxiété.

L'envieux est celui qui refuse, qui dit non ; qui résiste à l'élan général, à la pression, à la « provocation » du public et du triomphateur. Comme il sait que ce dernier désire son approbation, qu'il s'exhibe pour l'obtenir, il la lui refuse obstinément.

Ces mécanismes existent, à l'état diffus, au sein même des familles. Mara Selvini Palazzoli les a longuement analysés dans ses études sur l'anorexie et les psychoses. Pour elle, chaque fois qu'il y a un envieux, il y a quelqu'un qui le provoque, qui veut à tout prix obtenir de lui une reconnaissance. Je ne reprendrai que le plus célèbre des cas cités par elle, celui de Giusi, une adolescente anorexique auteur de plusieurs tentatives de suicide[2].

Giusi avait pour mère une femme d'une grande beauté et d'une irrésistible séduction qui fascinait tous ceux qui l'approchaient, et vivait dans un climat permanent d'amour et d'admiration. Son époux, après être tombé amoureux d'elle pour ces mêmes raisons, en était venu à l'envier et, peut-être, à éprouver de la jalousie vis-à-vis de ses innombrables admirateurs. Durant ses « exhibitions », il restait muet, blême de rage. Et Giusi, à son tour, en avait conçu de la rancœur. Comparée à son père, ou à elle-même, sa mère avait trop de tout : trop de beauté, trop de séduction, trop d'intelligence, trop d'amis, trop d'admiration. Et elle voulait, en plus, avoir une fille exceptionnelle à exhiber ! Mais cela, Giusi — qui était elle aussi d'une grande beauté — pouvait le lui refuser. En très peu de temps, elle se métamorphosa en un monstre squelettique qui perdait ses dents et ses cheveux.

C'était sa façon à elle de venger son père et de remettre sa mère à sa place, de châtier son orgueil. Ainsi, elle lui « rabaissait son caquet », elle lui empoisonnait l'existence et lui faisait honte devant tous.

Comme dans le cas de Joseph, la mère n'était pas consciente des ravages que produisait sur sa fille et sur son mari son comportement ostentatoire. Elle cherchait à les séduire, à les fasciner comme elle s'entendait si bien à le faire avec tous les autres. Et plus ces deux-là lui résistaient, plus elle multipliait des efforts qui finissaient par entraîner des catastrophes.

L'envié ne se rend pas compte de la blessure, de la souffrance qu'il provoque chez l'envieux, et il ne comprend pas la violence de sa réaction agressive.

La jolie femme qui traverse un salon, l'air hautain, sous les regards de l'assistance, est heureuse. Elle sait qu'elle se pavane, elle se sait enviée, mais elle n'a pas réellement conscience des sentiments mauvais, de toute la haine qu'elle fait naître sur son passage. Son imagination lui fait entendre toutes sortes de commentaires positifs, arrachés, certes, mais positifs. Elle croit que, même à contre-cœur, les autres femmes présentes reconnaissent sa beauté, qu'elles en sont impressionnées. Elle serait épouvantée d'entendre ce qui se dit en réalité : « Regarde un peu cette garce, cette évaporée, cette profiteuse, cette roulure, cette putain ... »

Mais l'ostentation ne cherche pas toujours l'amour et l'admiration. Elle vise parfois à humilier l'autre, à l'écraser, à le contraindre à la capitulation. L'ostentation du pouvoir, de la richesse, des victoires, s'est souvent déployée, au cours de l'histoire, pour faire courber l'échine aux frondeurs et aux rebelles, pour les amener à se prosterner, implorants et pleins d'adoration, devant leur vainqueur. Pour obtenir d'eux cette reddition totale réservée à la divinité. Le pouvoir veut être aimé, admiré et redouté à l'instar de Dieu.

Cette prétention despotique, ce désir de puissance absolue et d'adoration aveugle prennent racine dans le terrible déséquilibre des pouvoirs qui existe entre l'adulte et l'enfant. Avant de se transformer en prétention de souveraineté du monarque sur ses sujets, elle a régné au sein de la famille, en tout temps et en tous lieux. Elle s'est exprimée dans la religion. Le Dieu Jaloux est le modèle et le reflet d'un patriarche, d'un père tout-puissant, irascible et exclusif. Comme l'a démontré Freud[3] une fois pour toutes.

Mais le despotisme se perpétue de nos jours, dans la famille contemporaine, à certains moments, dans certaines situations. On le voit dans les rapports entre l'homme et la femme, entre ceux qui dirigent et ceux qui sont dirigés, ils s'insinuent dans les triomphes, dans les orgueilleuses manifestations de supériorité. On trouve dans tous les milieux des privilégiés, des rites, les obligations de déférence. On voit partout des gens qui s'exhibent avec l'arrogance satisfaite du monarque et nous demandent, en réalité, de nous prosterner, de nous humilier, de chanter leurs louanges.

Dans ces cas, l'envie s'assombrit encore et peut devenir agressivité, méchanceté, ressentiment.

Plutarque, dans l'une de ses fables, distingue l'envie de la haine[4]. La haine, nous dit-il, naît de l'impression que la personne haïe est méchante ou veut nous faire du mal.

L'envie, par contre, se manifeste seulement lorsque nous nous comparons à quelqu'un qui nous semble plus chanceux. La haine peut être motivée, justifiée, tandis que l'envie n'est jamais juste aux yeux de quiconque. On hait avant tout ceux qui deviennent de plus en plus mauvais, alors qu'on envie le plus souvent ceux qui semblent meilleurs, ceux qui accumulent vertus et qualités. Au bout du compte, la haine veut faire du mal. Les envieux, eux, souhaitent seulement que la personne enviée cesse de leur porter ombrage. Comme si elle possédait une maison trop haute, et qu'il suffisait d'en supprimer le dernier étage.

Toutefois, si la haine et l'envie sont bien distinctes en tant que types idéaux[5], elles se mêlent profondément dans les situations concrètes. Dans l'exemple cité plus haut, les frères de Joseph finirent par le tuer, et c'était bel et bien par haine.

C'est le plus souvent la provocation qui transforme l'envie en haine, surtout quand l'envié s'y livre avec l'intention d'humilier, de soumettre l'autre. Et on en arrive très vite là, car ceux qui ont réussi, qui ont atteint une position de pouvoir, pensent généralement qu'ils ont mérité cette réussite et ce pouvoir, et sont prompts à s'irriter contre ceux qui ne se prosternent pas.

Au cours de l'histoire, les puissants, les riches, les vainqueurs ont souvent exercé cette pression sur les plus pauvres qu'eux, sur les vaincus, sur les inférieurs. Et quand ceux-là en concevaient de l'envie, cette envie, sous l'aiguillon de la provocation et de l'humiliation, s'est souvent transformée en haine impuissante, en sombre désir de vengeance.

Nietzsche a donné à ce mélange de passions le nom de *ressentiment*[6]. L'homme qui éprouve du ressentiment n'admire pas son supérieur, il voudrait seulement être à sa place pour se venger de lui. Parce qu'il a été humilié, parce qu'il a dû mille fois ravaler sa rage impuissante. Le ressentiment se développe par degrés, il s'accumule sur une stratification progressive de désirs envieux, de colères refoulées, de projets de vengeance.

Le ressentiment peut être un fait individuel. Un jeune frère pourra l'éprouver envers l'aîné qui commande à la maison, qui l'opprime, tout comme une bru à l'égard de la belle-mère qui la traite en domestique. Mais il devient particulièrement important et intéressant quand il est collectif, comme dans les rapports entre les peuples, les classes[7].

16

La reconnaissance

« L'acte d'aimer, écrit Schoeck, les sentiments amicaux, l'admiration, toutes les attitudes par lesquelles on se tourne vers l'autre appellent une contrepartie, une reconnaissance, tendent à créer un lien. Mais l'envieux ne veut rien de tout cela ... il ne voudrait pas avoir de relation avec celui qui est l'objet de son envie[1]. »

Ce n'est pas vrai, ce n'est pas vrai du tout. La relation entre l'envieux et l'envié n'est pas une simple relation de haine, elle n'a rien de linéaire. L'autre n'est pas un pur ennemi dont je souhaite la destruction à tout prix. Ce n'est pas quelqu'un sur qui je veux me venger et que j'espère faire souffrir. Ce n'est pas quelqu'un pour qui j'éprouve du dégoût. Il ne me fait même pas peur. Je ne le considère pas comme indigne, infâme au point de ne pas vouloir être vu en sa compagnie.

L'objet de mon envie, même quand je le dévalorise, même quand je souhaite le voir mort, me fascine, m'attire. C'est pourquoi s'il s'avise de venir à ma rencontre et de me tendre la main, s'il me demande de paraître en public à son côté, s'il me manifeste de l'estime, s'il reconnaît ma valeur devant tout le monde, alors, d'un seul coup, mon envie disparaît et je suis envahi par une chaude sensation de plénitude dans laquelle se mêlent et se confondent la stupeur, la gratitude, la joie qu'on m'ait fait justice et l'orgueil de la réussite, de la victoire.

Lui, en fait, représentait à mes yeux tout ce qui, en ce monde, niait ma propre valeur, me récusait, me refusait — et ceci pour le choisir, lui plutôt que moi, à ma place. Il était le champion, le vainqueur, et moi, le perdant ; c'était lui qu'on acclamait, c'était de moi qu'on se moquait ; lui qu'on mettait sur un piédestal, moi qu'on dénigrait. Mais voici que la personne qui incarne les valeurs dominantes me met sur le même plan qu'elle. Elle dit : « Vous voyez cet homme ? Il vaut autant que moi, et c'est si vrai que je le choisis pour ami. Je reconnais sa valeur, et vous devez donc en faire autant. »

Nous constatons ainsi que l'un des sentiments les plus forts unissant l'individu à l'individu est un besoin intense et frustré de reconnaissance. Derrière les ruminations obsessionnelles de l'envieux, derrière la présence permanente de l'autre, se cache cette soif de contact, cette demande d'amitié muette, informulée. Ce que l'envieux demande à l'envié n'est autre que l'estime véritable, profonde, sincère, que l'ami voue à l'ami. Il attend de lui qu'il prenne son parti en toutes occasions, qu'il le respecte, qu'il respecte le sérieux de ses intentions, de ses efforts. Qu'il ne voie pas ce qu'il y a de mesquin, mais tout ce qu'il y a de bon et de méritoire dans son existence.

Chacun d'entre nous possède une valeur, chacun a un mérite. La vie est dure, difficile, pleine de chausse-trappes et de souffrances. Pour l'affronter, il nous a fallu surmonter de dures épreuves, être courageux, très courageux. Nous avons tous fait de notre mieux, le plus souvent avec sincérité. Nous avons été trompés, trahis, offensés. Nous nous sommes relevés, meurtris, pour repartir de l'avant.

Nous n'avons pas été récompensés comme nous l'avions espéré, comme nous l'aurions mérité. Seul l'ami nous connaît, et c'est pour cela qu'il nous rend justice.

Si c'est bien là le désir profond, indicible de l'envieux à l'égard de l'envié, alors nous pouvons apercevoir, dans ce qu'il ressent, la désillusion d'une espérance déçue, l'amertume d'une injustice jamais réparée. Non pas l'injustice dont on peut faire appel devant un tribunal ou devant le public, mais l'injustice originelle, celle qu'infligent à tout être humain la dureté du monde, l'injustice existentielle, consubstantielle au fait que l'existence n'est pas intrinsèquement morale. Si bien qu'elle ne peut être rachetée que par quelque chose d'autre.

Ce pourra être la clémence et la miséricorde, attributs fondamentaux du dieu de l'Islam. Ou encore l'*agape*, l'amour de dieu dans le christianisme. Ou la compassion chez les bouddhistes. Mais au niveau minimum, humain, de cet autre qui peut racheter à nos propres yeux le vide moral de l'existence, c'est la reconnaissance de celui qui nous voit de l'intérieur, d'un regard qui est presque le nôtre, mais plus détaché, plus objectif. Dépourvu du tumulte, des angoisses, des hypocrisies que nous avons vis-à-vis de nous-mêmes. Un regard qui cherche le bien, le bon, et nous aide à trouver en nous une valeur, si minime soit-elle. Le regard de l'ami.

L'envieux, ainsi, a des élans vers l'autre, il aspire à l'amitié de celui qu'il envie et il est heureux si l'autre lui tend la main, lui accorde une reconnaissance. Mais ce processus, dans l'immense majorité des cas, finit par se transformer en une envie encore plus forte. Et aboutit, souvent, à des gestes de violence et de méchanceté.

L'envie, en fait, croît avec la proximité. Quand l'autre appelle l'envieux, l'invite dans sa maison, à sa table, quand il le fait asseoir à son côté à l'occasion d'une fête, l'associe à son triomphe, lui fait partager les applaudissements qui le saluent, l'envieux oublie la différence qui les sépare. Il se sent comme l'envié, il est heureux, exalté, comblé. On le reconnaît enfin pour ce qu'il est, pour ce qu'il vaut.

Mais cette intimité n'a qu'un temps. La fête terminée, le triomphe consommé, on salue les invités et chacun redevient ce qu'il est, à la place qui lui est attribuée. Le réveil est amer pour l'envieux. Il s'aperçoit que la différence subsiste, que la distance n'est pas abolie. Sa vie et celle de l'autre sont différentes, différents leurs destins respectifs. La reconnaissance qu'on lui a accordée, déjà, n'est plus qu'un souvenir. Elle ne lui suffit plus. L'autre, déjà, a repris sa vie habituelle, glorieuse, triomphante ; et lui, qui a eu, l'espace d'un instant, la possibilité d'en savourer les délices, la désire encore plus intensément. Tant que l'autre était loin, comme une entité abstraite, il évitait d'y penser, de faire des comparaisons. Le proverbe « Loin des yeux, loin du cœur », s'applique formidablement bien à l'envie. Cette expérience commune, le fait même de s'être approché de l'envié et d'avoir, brièvement, partagé son succès, exaspère l'envie, la rend féroce.

L'envieux, certes, désire se rapprocher de l'envié, il veut son amitié, sa reconnaissance. Mais il veut bien plus que cela. Il veut être toujours avec lui, à son côté, et puis comme lui, à sa place, s'identifier à lui, se substituer à lui[2]. Et comme il n'y parvient pas, il ne connaît pas de répit. L'envie produit un élan d'identification, mais cet élan est vorace, insatiable, il est prêt à aller jusqu'à l'assimilation, à l'engloutissement, et ne retombe pas une fois cet objectif atteint. L'envie devient détachement, refus, parce qu'elle ne parvient pas à dévorer l'autre, à se l'incorporer, à le digérer. Et ce détachement annonce la guérison, alors que le rapprochement ne fait que raviver l'envie. L'envie qu'on ravive devient méchante, maligne. Elle se traduit souvent par des gestes agressifs, des actions malveillantes.

Il faut craindre l'envieux qui s'approche de trop près, l'envieux qu'on traite amicalement, de façon fraternelle, qu'on accueille chez soi : sans le vouloir, on attise dans son cœur les flammes de la haine. On est frappé du plaisir qu'il manifeste, de la gratitude qui se lit dans son regard. Mais on ne sait pas voir les blessures que lui inflige notre propre existence, précisément en raison de cette proximité.

On a mille fois observé que les gens qui vivent auprès des grands personnages ont tendance à en dire du mal. Un proverbe anglais affirme qu'il n'y a pas de grand homme pour son valet de chambre. Même les jeunes gens débordants d'admiration et d'enthousiasme pour leurs champions sportifs ou leurs vedettes de la chanson s'apercevraient peu à peu, s'ils vivaient à leurs côtés, que ces idoles sont des êtres humains comme eux, et finiraient par ressentir leurs succès comme quelque chose d'intolérable. La distance, seule, permet d'idéaliser sans éprouver d'envie.

Plus généralement, on dira qu'il n'y a pas d'amitié possible entre deux personnes inégales et qui se comparent l'une à l'autre. L'amitié ne peut exister qu'entre des individus égaux, ou entre des inégaux qui ne se comparent pas, qui ne se mesurent pas. Chacun doit puiser en lui-même sa propre valeur — une valeur que l'autre reconnaît et ne cherche pas à s'approprier.

La véritable rencontre amicale ne naît pas du voisinage de l'envie, des sentiments produits par l'envie. De l'envie jaillit rarement l'amitié.

L'amitié, au contraire, peut aisément naître de la

jalousie. Je me souviens d'un garçon passionnément épris de l'une de ses camarades d'études. Comme cela arrive souvent aux jeunes gens, il était maladroit et ne parvenait pas à décoder les messages que lui adressait la jeune fille. Elle en aimait un autre mais, parce qu'elle estimait ce garçon, pour ne pas heurter sa sensibilité, elle évitait soigneusement de rester seule avec lui, et il la trouvait toujours en compagnie de quelque ami commun et surtout de l'un d'eux, qui savait se montrer bon camarade, joyeux, brillant et sans complications.

Chaque fois que notre garçon tentait de rester seul avec l'élue de son cœur pour lui parler de son amour, l'autre était là. Il en devint jaloux. Il crut détecter entre elle et lui une complicité amoureuse. Il prenait pour une intimité érotique la familiarité qui caractérisait leur relation. Il était attiré, fasciné par son « rival » et cherchait à découvrir le secret de la séduction qu'il semblait exercer sur la jeune fille. Comment faisait-il pour la voir autant qu'il le voulait, quand lui-même n'y parvenait pas ? Pourquoi riait-elle, suspendue à ses lèvres, et se dérobait-elle chaque fois qu'il la fixait lui-même d'un regard amoureux ? Il épiait le prétendu rival, surveillait tous ses gestes et toutes ses attitudes, ne le lâchait plus d'une semelle, que ce soit pour s'approcher de la jeune fille, ou pour l'en tenir éloigné. Il cherchait par tous les moyens à gagner sa sympathie en se disant que, s'ils devenaient amis, il pourrait lui demander de renoncer à celle qu'il aimait lui-même. Voire, de l'aider à faire sa conquête !

Peu à peu, se développa entre eux une profonde camaraderie. Notre garçon avait de multiples dons, c'était un véritable artiste et il exerçait une fascination certaine sur son supposé rival en amour. Chacun, ainsi, enrichissait l'autre, lui enseignait des choses précieuses sur la vie. Ils s'offraient mutuellement des éléments d'information sur lesquels modeler leur personnalité.

Les années passant, notre garçon finit par comprendre que l'autre ne constituait pas une menace, mais qu'il était, au contraire, devenu son allié le plus sûr. L'autre, dans l'intervalle, avait pris goût à l'art et à la musique. Ils affrontèrent unis maintes épreuves de l'existence, et les surmontèrent. Entre eux, il n'y eut plus jamais d'envie. Ils devinrent des amis intimes et le restèrent toujours.

Le passage de la jalousie à l'amitié est possible parce que la jalousie a un but précis et bien défini : conserver l'objet de son amour. Dans l'impitoyable compétition érotique, l'unique frein ne peut être que de type moral. Ainsi la jalousie cherche-t-elle à susciter l'amitié, qui est le plus moral des sentiments. Ce n'est parfois qu'un stratagème. Nombre de femmes, dès qu'elles voient leur mari s'approcher d'une rivale potentielle, se la font présenter, se hâtent de l'inviter chez elles et de « faire amie-amie » afin de conjurer la menace. Les hommes en font autant et, comme nous venons de le voir, il peut arriver que d'un tel stratagème naisse une amitié véritable.

Nous pouvons maintenant parler de l'*ingratitude*, autrement dit de la haine qu'un individu éprouve pour son bienfaiteur. Kant appelle « irreconnaissance » le simple oubli du bienfait, l'absence de réciprocité[3]. Dans l'ingratitude, par contre, celui qui a reçu le bienfait se consume de rage impuissante. Mais où cette rancœur prend-elle son origine ? Pourquoi, lorsqu'on a reçu, mordre la main qui a donné ?

C'est, le plus souvent, à cause de l'envie. Un bienfaiteur lointain, qui se borne à envoyer de l'aide sans jamais se montrer, ne posera aucun problème. Un protecteur lointain vers qui se tourner en cas de besoin et qui dispense ses faveurs comme un saint patron se verra toujours payé de reconnaissance. Les problèmes surgissent quand le bienfaiteur est quelqu'un comme nous, une connaissance, un ami. Quelqu'un qui nous appelle auprès de lui, qui nous fait participer à ses travaux, qui nous aide, nous guide, nous met le pied à l'étrier, qui agit ainsi, à nos yeux, comme un frère, comme une sœur aînée, sans l'être pour autant.

Il est arrivé à tout le monde, sans distinction, d'aider quelqu'un de cette manière. Je me souviens d'une jeune femme extrêmement intelligente. À peine arrivée de sa province du Sud, elle s'était inscrite à l'université et travaillait pour une importante fondation. Grâce à son esprit clairvoyant, à son caractère équilibré, à son exceptionnelle capacité de travail, elle avait très vite fait carrière. Une autre jeune femme, fille d'amis à elle, vint s'installer dans la même ville et elle s'efforça de l'aider par tous les moyens. Elle lui prêta de l'argent pour ses études, lui offrit l'hospitalité, fit des pieds et des mains pour qu'elle soit engagée par sa fondation. Sa protégée ne tarda pas à l'envier. Elle enviait sa beauté, sa réussite, le fait qu'elle était toujours la première. Meilleure étudiante, meilleure professionnelle, plus recherchée et admirée par la gent masculine.

Cette envie la tourmentait d'autant plus qu'elle se savait redevable envers son « amie » de tout ce qu'elle possédait. Alors, elle se mit à l'éviter, à fréquenter d'autres gens, d'autres cercles, à dire du mal d'elle. Elle ne cessait de s'en plaindre, lui attribuant la responsabilité de tous ses échecs et de toutes ses difficultés. Elle alla jusqu'à entreprendre une psychanalyse.

Un jour, le remord la prit. Elle parla de son envie à sa bienfaitrice et lui annonça qu'elle était en train de s'en délivrer. L'analyse, en fait, l'avait aidée à comprendre qu'elle projetait sur elle l'envie qu'elle avait éprouvée, petite fille, pour une sœur aînée. La scène s'acheva dans les pleurs et les embrassades. Pendant les mois qui suivirent, pourtant, elle prit ses distances. Elle feignait de ne pas voir l'autre pour ne pas avoir à la saluer. Et peu à peu, elles cessèrent de se parler.

Toutes les personnes un tant soit peu généreuse ont, au cours de leur vie, connu des expériences analogues. Le mécanisme par lequel l'envie et l'ingratitude se déchaînent est fait de la proximité et la comparaison. Si le généreux avait abandonné l'autre à sa destinée misérable, il serait resté à ses yeux un personnage mythique, qu'on admire et dont on se vante d'être l'ami. En l'aidant, en l'amenant près de lui, le généreux a déclenché le mécanisme de l'envie et une profonde, une sombre rage contre l'insupportable poids de la reconnaissance. C'est cette expression, « l'insupportable poids de la reconnaissance » que Milton, dans *Le Paradis perdu*, met dans la bouche de Satan.

17

Envie et justice

Le sens de la justice peut-il dériver de l'envie ? Plus d'un le pense. Schoeck y insiste tout particulièrement [1]. L'envie naît d'une inégalité. Elle est la réaction immédiate et universelle au fait que quelqu'un a quelque chose que je n'ai pas, ou vaut plus que moi. L'envie tend à le rabaisser, à le ramener à mon propre niveau.

Nous le voyons fort bien dans les sociétés primitives. On n'y trouve pas de différences de classes. Tout le monde y est pauvre. Un butin de chasse abondant, une pêche heureuse sont des événements qui déchaînent le désir des autres. Le chasseur qui revient chargé de ses prises lit la convoitise dans le regard de ses semblables. Et ceci l'amène à partager avec les membres de la communauté. Parfois, il n'aura même pas une bouchée de la bête qu'il a tuée.

L'apparition de la convoitise est instantanée. Parce qu'ils sont tous égaux, précisément, parce que tous possèdent très peu, ils sont prompts à repérer celui qui a quelque chose de plus, et à le désirer. L'individu se sent traqué, il a peur, et préfère se concilier cette foule avide dont il perçoit l'agressivité sur un mode sensible. Nul besoin d'une loi établissant l'égalité et le partage des biens.

Il le fera de lui-même, pour conjurer la haine qui le menace. À moins qu'il ne dissimule son butin. Il existe des sociétés, comme celle des *Sirionos*, dans lesquelles on mange la nuit pour ne pas se faire voir[2].

Certaines situations évoquent le comportement de groupes d'animaux autour d'une proie. Ils se rassemblent et chacun prend un morceau, le plus gros possible. Certains cherchent à l'emporter au loin pour le manger en paix, mais ils courent toujours le risque d'être découverts. On veut tout, et il en résulte qu'on se craint tous les uns les autres.

Au sein de la société humaine, ce processus se prolonge dans le temps, il continue alors que chacun est rentré chez lui. On peut se passer de la présence physique de l'objet — le souvenir suffit.

La nourriture n'est pas l'unique objet de ce désir envieux. Ce peut être n'importe quel autre bien, n'importe quelle autre différence. Dans les sociétés primitives aussi, tel individu sera jugé plus beau, tel autre plus rapide à la course, et tel autre meilleur pécheur, meilleur chanteur, ou meilleur danseur. Tous ces talents deviennent des objets d'admiration et de désir. Celui qui ne les possède pas voudrait les avoir, il se sent frustré, diminué.

D'où, selon Schoeck, la tendance universelle à réduire les différences en prescrivant, comme devoir social, comme idéal, l'égalité. Pour se garder de l'envie, la société proscrit les différences, les condamne et, ce faisant, suit la suggestion de l'envie, se laisse guider par elle.

Pour Freud aussi, la justice s'identifie à l'égalité et jaillit du désir envieux. Rappelons-nous son modèle : tous les enfants sont identifiés au père et désirent être aimés de lui de façon privilégiée et exclusive. Aucun ne supporte que l'autre ait quelque chose de plus. Ils s'épient, poussés par l'envie. Cette envie est d'autant plus féroce et radicale qu'ils sont plus égaux, semblables, équivalents. Nul ne peut se prévaloir d'un mérite particulier, nul ne peut justifier d'une quelconque supériorité. Tous, ainsi, doivent recevoir le même traitement. Il est juste que nul ne s'élève au-dessus des autres. Juste, comme le veut l'envie[3].

Ce mode de pensée identifie la justice à l'égalité. Il ne prend pas en compte les différences. Celles-ci existent pourtant, elles sont le fait de la nature, tandis que l'œuvre de la société — le passage de nature à culture — tend à l'annuler.

Mais les sociétés primitives se comportent-elles réellement ainsi? Est-ce bien ainsi que les règles de justice soutiennent, justifient, régulent l'inégalité? Les sociétés primitives poursuivent-elles réellement l'objectif avancé par Schoeck et Freud, à savoir l'égalité maximum? Ne cherchent-elles pas, au contraire, à créer un système de différences?

Lévi-Strauss[4] a montré que ces sociétés s'efforcent continuellement de produire des différences et, grâce aux différences, des changements. Mais l'auteur qui a réellement fait justice de cette hypothèse égalitariste est Girard[5]. Non seulement, dit-il, la société primitive comme la société antique ne recherchent pas l'égalité, mais elles en sont terrorisées. La société primitive et la société antique vivent dans la hantise de voir s'évanouir les différences, de sombrer dans une indifférenciation totale au terme de laquelle le père ne se distinguerait plus du fils, les frères de leurs frères, les membres d'une famille de ceux d'une autre famille.

Dans une telle situation où tous sont égaux, tous s'identifient les uns aux autres, tous désirent les mêmes choses. En découlent une envie et un conflit universels, et la société éclate sous l'effet d'une violence incontrôlable.

Ces sociétés, ainsi, ont peur de tout ce qui évoque ou symbolise la disparition des inégalités. Comme, par exemple, la naissance de deux jumeaux parfaitement ressemblants. Ils révèlent une faille dans le système des différences, ils sont le signal inquiétant d'un affaissement de l'ordre. C'est pourquoi, dans nombre de sociétés primitives, on tue les jumeaux, et dans d'autres ils constituent un tabou. De nombreux mythes nous montrent des jumeaux s'affrontant en un combat mortel, comme celui de la fondation de Rome, qui voit Romulus tuer Remus.

L'inceste est un autre symbole de l'« indistinction ». Parce qu'il abolit la séparation entre parent et enfant, entre frère et époux. L'exogamie est une règle universelle, et son but est de créer une différence.

Dans les sociétés animales, déjà, existent des mécanismes de réduction de l'agressivité à travers la différence. Le plus simple est la création d'une hiérarchie. Après une compétition farouche et générale autour d'une proie, une priorité basée sur la force va s'établir. Certains animaux acquièrent le droit de s'approcher les premiers de la nourriture et de manger. Chez les oiseaux, un ordre rigoureux prévaut pour la becquée. Dans tous les cas, la diminution de l'agressivité réciproque est obtenue à travers l'imposition d'une inégalité.

Dans les sociétés humaines, on résout le problème en instaurant un système complexe de différenciation culturelle entre famille, clan et tribu, avec des tabous alimentaires et matrimoniaux très rigoureux. Dans leur complexité, ces différenciations réduisent le risque d'envie.

Ainsi, les règles de justice n'ont pas pour but de créer

une égalité totale, mais de soutenir et justifier un système d'égalités et d'inégalités. Elles procèdent d'un unique critère d'interprétation du monde — un critère de type mythique-religieux.

Dans la société totémique, les différenciations entre clan et entre tribu correspondent à une différenciation sacrée de la nature. Les groupes humains se différencient en s'identifiant aux animaux totémiques.

Dans la Rome antique, chaque famille avait ses propres divinités, garantes de l'identité et de la différence. Par ailleurs, chaque cité souveraine, comme chaque petit royaume, avait également ses propres divinités. Avec la formation d'un système polythéiste, elles sont restées comme les puissances tutélaires de la cité, de la corporation ou du groupe.

Au niveau individuel, en Grèce toujours, certains dons étaient plus particulièrement considérés comme des dons des dieux. Les talents artistiques venaient d'Apollon et des muses. Cette explication pouvait satisfaire l'intellect et son besoin de donner une raison à toute chose, mais elle prévenait aussi la manifestation d'agressivité. Attaquer celui qui avait reçu un don des dieux revenait à attaquer les dieux eux-mêmes — autrement dit, à blasphémer. Dans le monothéisme, les disparités de talents et de dons sont imputées à la volonté personnelle du Dieu qui choisit, pour d'impénétrables raisons, à qui donner plus et à qui donner moins, qui élire et qui laisser pour compte.

Même chose pour les différences de pouvoir : le mythe en explique l'origine et prescrit les distances rituelles qui doivent être maintenues. Dans la société imprégnée de chamanisme, tous savent ce qu'est un chaman, pourquoi il dispose de tels pouvoirs et de quelle façon il les acquiert. Il s'agit de pouvoirs divins, obtenus au terme de rites initiatiques complexes, à travers de difficiles épreuves qui comportent un isolement hors de la communauté.

La royauté est toujours liée à des origines divines accréditées par le clergé, ou de manifestations charismatiques. Et dans ce cas aussi, on trouve des rites minutieux destinés à limiter les contacts avec les gens du commun.

Le concept de mérite personnel, quand il émerge, est authentifié par des procédures très rigoureuses et, en particulier, à travers les règles de la compétition.

Le monde grec offre à cet égard un exemple typique, en invitant à la compétition dans tous les domaines, sportif, artistique, politique, intellectuel et oratoire. Parallèlement, la virtuosité y était considérée comme l'excellence, l'*arete*.

Les règles de justice varient beaucoup d'une société à l'autre. Certaines, par exemple, prescrivent au géniteur de traiter à égalité tous ses enfants, filles garçons, aînés comme puînés. C'est la tendance qui prévaut dans la société contemporaine. Mais il n'y a pas plus de trente ans, même dans les pays occidentaux, on accordait aux garçons plus de valeur et, partant, plus de droits qu'aux filles. Ils étaient mieux vêtus, mieux nourris, mieux instruits. Nombre de sociétés ont adopté le droit d'aînesse, par lequel le premier né des fils reçoit en héritage les titres et les biens. On le retrouve dans les lois de succession de presque toutes les monarchies européennes. Ce n'était pas le cas dans le califat islamique, au sein duquel la succession se décidait de manière conflictuelle entre les divers prétendants.

L'explication de la différence et les règles de justice constituent des outils intellectuels et pratiques pour réduire la frustration de la comparaison envieuse et en canaliser les énergies vers des actions socialement admises ou prescrites plutôt que vers des conflits désordonnés. Une fois stabilisées, toutefois, ces règles et ces explications deviennent le cadre à l'intérieur duquel s'opère la comparaison ; elles la rendent possible et fixent, par là même, les termes qui définissent aussi bien l'envie que la justice et l'injustice.

Dans un système où s'applique le droit d'aînesse, par exemple, le deuxième fils pourra envier le premier-né parce que celui-ci bénéficie d'avantages qui lui sont refusés. Il pourra essayer de les lui arracher, mais il lui sera difficile, pour ce faire, d'en appeler à la justice. Dans un système comme le nôtre, au contraire, les deux frères auront conscience de leur droit à être traités avec une stricte égalité par leur père comme par leur mère. Si l'un d'eux est favorisé, l'autre n'en ressentira pas seulement de l'envie, mais aussi un légitime sentiment d'injustice.

Dans un système régi par l'idéologie marxiste, toutes les différences sont un produit de l'exploitation de l'homme par l'homme, et la morsure d'envie qu'on y éprouvera à l'égard d'un individu plus riche se transformera en un sentiment d'injustice. Dans le système capitaliste, qui fait une place importante à la concurrence du marché, ces différences sont justifiées par le mérite. Le désir frustré ne peut se transformer en sentiment d'injustice. S'il prétend le faire et échoue à en fournir de bonnes raisons, on lui donnera le nom d'envie.

Quel rapport établir, en conclusion, entre l'envie et le sentiment de justice ? Nous ne pouvons admettre la thèse de Schoeck et de Freud, pour qui il s'agit d'une seule et même chose, le sentiment de justice étant le produit de l'envie. Même le plus primitif des primitifs saura faire la différence entre la convoitise qui le saisit à voir manger un voisin et ce qu'il estime juste ou injuste. La justice fait contre-poids, obstacle au désir immédiat. Elle en appelle à l'égalité, mais aussi à d'autres critères. Elle reconnaît des supériorités, des zones interdites, des choses non admises. Elle admet des sacralités reconnues, des priorités acceptées, des mérites, des besoins dont il faut tenir compte. La justice se pose pour nous en termes de problème, de réflexion, de pondération. L'expérience de la justice implique une sortie de soi-même, de sa propre subjectivité, de son désir immédiat. Quand nous pensons en termes de justice, nous prenons en compte une infinité de réalités diverses, d'exigences diverses qu'il nous faudrait transgresser si nous ne devions considérer que nos propres besoins et intérêts, et nous poser comme le centre du monde.

Certes, ainsi que nous l'avons vu, le travail de l'envie s'exerce en permanence autour de ce qui est juste et de ce qui ne l'est pas. Il s'efforce par tous les moyens de trouver la justice de son propre désir, de le rendre juste à nos yeux et aux yeux d'autrui. Mais il est envie, précisément, parce qu'il n'y parvient pas.

18

Le sentiment de justice

Il existe un sentiment ressemblant beaucoup à l'envie et qui, pourtant, n'est pas de l'envie. Il s'apparenterait plutôt à de la désillusion, à de la nostalgie, à de la tristesse. Nous l'éprouvons lorsque nous pensons à des gens à qui on a rendu justice, alors que cela ne nous a pas été accordé. La peine et la pitié surgissent à l'instant où nous contemplons ce gouffre jamais comblé car aucune de nos vertus, aucun effort ne saurait y parvenir. Nous l'éprouvons vis-à-vis de nous-mêmes, mais nous pouvons l'éprouver aussi pour d'autres personnes placées dans la même situation. Ce n'est pas un apitoiement sur soi-même, ce n'est pas de la rancœur, ni de la récrimination, mais une douloureuse expérience d'iniquité.

C'est ce qu'éprouve le garçon pauvre, intelligent, capable, qui n'a pas pu faire d'études, quand il voit ses camarades fréquentant une grande université comme Bocconi, ou Harvard. C'est le chagrin et la souffrance de l'immigré africain dans une grande ville européenne devant la vie facile, le gaspillage, l'indifférence des gens riches qui le côtoyent. Il a laissé là-bas ses frères affamés, il a affronté l'exil, le voyage, la solitude. Son existence n'est qu'humiliation et travail. Il vend ses misérables babioles à des gens qui ont reçu, sans effort pour le mériter, tout ce qu'il ne pourra jamais avoir.

C'est la tristesse que nous éprouvons quand nous avons fait quelque chose de grand et de beau, mais que tous l'ignorent. Simplement parce que personne ne s'y est intéressé, parce que nous ne sommes pas parvenus à l'amener jusqu'à la table d'un examinateur. Alors que, en revanche, des milliers de gens se voient reconnaître des mérites qui sont loin de valoir les nôtres, et qu'on leur décerne des éloges.

Ce sont des expériences tristes, nées de la comparaison, mais pures de toute malveillance, rancœur, ou désir de vengeance. La simple constatation d'un tort qui nous est fait, et que nul ne pourra jamais réparer. Un tort issu d'une mauvaise application des règles qui sont identiques pour tous, des règles universelles, des règles de justice.

Ce sentiment amer est un sentiment d'injustice. On se tromperait en le nommant envie. L'envieux en appelle à la justice, cherche à se prouver et à prouver aux autres qu'il était méritant, et qu'ils ne l'étaient pas. Mais il n'a jamais le courage de réclamer l'application de règles universelles. L'envieux se plaint d'injustice, mais aspire au privilège.

Prenons un exemple. J'avais réussi, comme dentiste, à me faire un nom au sein de ma profession. On m'admirait, on m'appréciait. Sur mon petit secteur, je pouvais d'ores et déjà me considérer comme le numéro un. Jusqu'à l'arrivée d'un jeune praticien qui avait fait ses études aux États-Unis et travaillé dans un grand hôpital américain. Il connaissait des techniques différentes, et il est tout de suite devenu le dentiste à la mode. Moi, pendant ce temps, j'ai perdu du terrain. On me respecte toujours, je conserve une clientèle. Mais les gens les plus en vue vont plutôt chez lui. Hier, je l'ai vu passer. Je sais qu'il s'est enrichi, qu'il donne des réceptions raffinées. J'ai ressenti une amère morsure d'envie. J'ai comparé son bonheur à ma misère. J'ai ressenti de la rage à son égard, contre sa chance, contre son talent. Pourquoi — me suis-je demandé — la vie, Dieu, le destin, l'ont-ils fait aller en Amérique, et non moi? Pourquoi ont-ils été aussi injustes envers moi?

Je dis que la vie, que la société, sont injustes? Mais au nom de quel principe? Mon concurrent pourrait soutenir, avec des arguments tout aussi valables que les miens, que la société est juste, qu'elle a tout simplement reconnu ses capacités, ses mérites. Si je proclamais en public ce que je pense secrètement, les gens hausseraient les épaules et penseraient seulement que je proteste parce que j'ai été battu, parce que l'autre a fait mieux que moi. Et ils auraient raison. Quand je tenais le haut du pavé, je ne me plaignais pas. Je ne prétendais pas que le monde était injuste et la société faite d'imbéciles. J'acceptais les règles du jeu, je ne les contestais pas, je ne prenais pas le parti des vaincus, je me complaisais dans le sentiment de ma propre valeur. J'ai changé d'avis, aujourd'hui, uniquement parce que j'ai changé de position. Ce n'est donc pas la justice qui inspire mes propos.

Nous nous persuadons sans peine que ce que nous sommes et ce que nous possédons est le produit de notre mérite, conformément à la justice. Le garçon qui réussit dans ses études, qui reçoit de bonnes notes, en conçoit de l'orgueil. Chacun fait son éloge, lui dit qu'il les a bien méritées. Il ne s'interroge pas sur les critères de notation adoptés par ses professeurs, il les considère comme naturels, universels, indiscutables.

Mais ces critères n'ont rien d'universel. Dans son école, on accorde beaucoup d'importance à la répétition passive des classiques. Il y réussit bien parce qu'il a développé une forte disposition à l'obéissance, au conformisme, au respect. Mais celui qui, dans cet école, fait preuve d'esprit critique ou d'intérêt pour la nouveauté, se voit pénalisé.

Supposons que le directeur change, et que le nouveau, refusant les méthodes didactiques et l'apprentissage passif, décide de privilégier plutôt l'innovation et la créativité. Notre étudiant modèle va se sentir très mal ; il aura l'impression de ne plus être compris de ses professeurs, et verra monter la cote des esprits plus originaux et plus créatifs que le sien.

Tant qu'il n'aura pas compris que les critères de jugement des professeurs ont changé, leur comportement lui paraîtra absurde ou intentionnellement agressif. Puis viendra un moment où il pourra comparer les deux critères de jugement et prendre position, faire un choix. Soit rester fidèle à la méthode d'origine, autoritaire et mnémonique, soit se persuader de la supériorité de la nouvelle. Mais s'il insiste sur la valeur de la première méthode, ce sera pourquoi ? Parce qu'il en est réellement convaincu, parce qu'il la juge meilleure, ou simplement parce qu'elle lui est mieux adaptée, parce qu'elle lui assure une position privilégiée ?

C'est là que se décide si nous sommes devant un sentiment d'injustice ou d'envie.

Le sentiment de justice implique l'adhésion à un système de valeur objectif, valable pour tous ; à des principes que — selon Kant [1] — nous voudrions ériger en norme universelle.

Dans l'envie, au contraire, il y a de la complaisance envers nous-mêmes, c'est nous-mêmes que nous privilégions sur l'objectivité. L'envie travaille toujours en notre faveur, au nom de ce que nous avons été, de ce que nous voulons obtenir. L'envie est un outil pour ne pas se remettre en question, pour ne pas s'exposer au risque et à l'échec.

L'envieux a tendance à regarder les choses de son seul point de vue — il ne considérera pas ceux qui sont différents et moins avantageux. C'est une attitude humaine et compréhensible, mais sur laquelle on ne saurait fonder l'idée de justice.

Arrêtons-nous un instant sur la parabole de l'Évangile dans laquelle un patron envoie ses ouvriers travailler aux champs[2]. Prenons-la à la lettre, sans nous attarder sur sa signification religieuse. Le patron était convenu de leur donner une pièce à chacun, aux premiers arrivés comme aux derniers. Au moment de se faire payer, ceux qui ont trimé toute la journée dans la chaleur accablante se plaignent de ce que les derniers arrivés reçoivent la même somme. À quoi le patron rétorque sèchement qu'ils ne doivent pas se plaindre puisqu'ils ont ce qui était convenu. Et d'ajouter : « Il ne m'est pas permis d'agir à ma guise, ou bien verrais-tu d'un mauvais œil que je me montre bon ? »

L'expression d'un « mauvais œil » est souvent utilisée pour parler de l'envie. Ce que dit le patron peut s'exprimer ainsi : « Ne sois pas envieux envers celui de tes camarades qui a travaillé moins que toi. Ce qu'il a reçu n'est que le fruit de ma bonté. » Le patron réfute l'accusation d'injustice et expose sa conception de la justice. J'ai donné ce que j'avais annoncé. J'ai, en outre, le droit d'être généreux envers qui il me plaît de l'être.

Il nous semble bien, par ailleurs, que les ouvriers ont quelque part raison de protester. Les premiers arrivés se sont échinés, alors que les derniers ne faisaient presque rien. Une règle de justice diffuse leur dit que la rémunération doit être proportionnelle à la tâche accomplie. La parabole, ainsi, nous montre la rencontre de deux conceptions de la justice, aussi valables l'une que l'autre, l'une comme l'autre admise par la société. Mais le patron et les ouvriers se trouvent dans une position différente, et chacun en appelle à la conception de la justice qui semble la plus proche de ses désirs.

En feraient-ils autant, s'ils échangeaient leurs positions ? Si le patron avait travaillé toute la journée comme ouvrier, ne serait-il pas enclin, lui aussi, à penser que la rémunération doit être proportionnelle à la tâche ? Et, vice versa, les ouvriers ne comprendraient-ils pas mieux la générosité du patron s'ils étaient à sa place ?

John Rawls[3] a donné une formidable définition de la *position fondamentale*, celle que nous devons assumer pour stabiliser les règles de justice. Personne, pour juger équitablement, ne devrait avoir connaissance de la classe sociale, ne devrait savoir si la personne est riche ou pauvre, homme ou femme, blanc ou noir, adulte ou enfant, si elle est intelligente ou stupide, forte ou faible — rien. Quelles règles voudriez-vous qu'on applique dans une telle situation ?

Ce n'est certes pas mon cas lorsque, en proie à l'envie, je me lamente de la sorte. Je parle d'injustice, mais je n'indique pas les règles de justice que je voudrais voir appliquer. Pour le faire, il me faudrait supposer que je ne sais rien de moi-même. Même pas qui je suis. Je pourrais être à la place de l'envié. Mais si j'y étais, penserais-je encore que la société est injuste ?

Quand j'éprouve un véritable sentiment d'injustice, je suis prêt à me mettre à la place de l'autre. Et prêt à lui offrir la mienne et à juger : « Mets-toi un peu à ma place. Tu trouves ça juste ? Tu trouves que c'est équitable ? »

Celui qui souffre d'un violent sentiment d'iniquité pense toujours que l'autre peut s'en rendre compte. Parce qu'il possède lui aussi un sentiment de la justice, il est capable lui aussi, s'il le veut, de prendre un peu de recul pour juger le monde de façon équitable.

Dans l'envie, en revanche, nous ne sommes pas aussi certains du bien-fondé de nos raisons et de nos arguments. Nous voudrions l'être, nous cherchons à convaincre les autres de les accepter mais, au fond, nous n'y croyons pas, ou pas tout à fait. Aux racines de l'envie, comme nous l'avons vu, se trouve la mauvaise foi. Nous en appelons à la justice, mais nous ne sommes pas de bonne foi, ou complètement de bonne foi. Que la situation se renverse, que la chance se mette à nous sourire, et nous oublierons ce que nous disions à propos de la stupidité du genre humain et du non-respect des valeurs. La société deviendra tout à coup la plus juste des sociétés, les gens intelligents, et le véritable mérite reconnu !

L'envieux, au moment où il en appelle à la justice, au moment où il se plaint de l'inconstance du monde et de la précarité des jugements humains, espère seulement que le sort se retourne en sa faveur. Il ne veut pas la justice, il veut la chance, il ne veut pas l'équité, il veut des privilèges. S'il pouvait les arracher à l'autre par quelque filouterie, il les lui arracherait. La quête de la justice, les efforts pour se convaincre et convaincre les autres qu'on est victime de l'injustice, font partie du travail de l'envie, qui s'applique seulement à éliminer la comparaison, à la faire jouer en sa faveur.

19

Force conservatrice ou révolutionnaire ?

Envie et mouvements

Nombreux sont ceux qui ont voulu trouver à l'envie une fonction sociale, lui assigner un rôle important dans l'histoire et dans le développement de la civilisation. D'aucuns, comme nous l'avons vu, en ont fait le fondement de l'idée d'égalité et de justice. Mais ces thèses ne tiennent pas. Après l'avoir longuement analysé, il nous faut reconnaître que le sentiment de justice a une origine indépendante.

Il nous reste à examiner la thèse, tout aussi répandue, selon laquelle l'envie serait une force subversive, révolutionnaire. C'est ce que soutient Schoeck[1]. À l'en croire, l'envie se déplace de bas en haut ; c'est le regard de haine de l'inférieur pour le supérieur, du pauvre pour le riche. C'est un désir impuissant, écumant de rage, mais toujours prêt à exploser quand l'occasion s'en présente.

C'est la force qui menace de l'intérieur toute société stratifiée et hiérarchisée, et ne connaît pas de répit tant qu'elle ne l'a pas détruite. Les hommes subissent la supériorité, mais ils la détestent. Ils subissent la hiérarchie, mais ils la combattent, ils subissent le pouvoir, mais ils s'y opposent. S'ils l'acceptent, s'ils obéissent, c'est uniquement parce qu'ils ont été vaincus, domptés, contraints à l'impuissance de la peur.

À cette peur impuissante, à ce désir pétri de rage, à cette façon de ramper comme des serpents qui attendent le moment de mordre, Nietzsche a donné le nom de *ressentiment*. C'est une envie exaspérée par l'humiliation, macérée dans l'injustice, métamorphosée en soif de vengeance[2].

Pour Marx, l'histoire n'est qu'une lutte de classes. Lutte pour s'approprier la plus-value générée par le système économique. Les riches, les beaux, les puissants, les heureux, les véridiques, les aristocrates admirés par Nietzsche sont parvenus à dépouiller les autres, tous les autres, du fruit de leur labeur, à l'accumuler, à le retransformer en moyens de production destinés à les mieux exploiter encore, en lois pour les régir, en religions pour les convaincre de rester bons, pour les endormir.

Mais la comparaison fait sans cesse renaître le désir, et la lutte reprend. Que s'affaiblisse le pouvoir de la classe dominante, que se lézarde sa cohésion, et la classe opprimée se révolte.

Cette idée, qui voudrait qu'un fleuve souterrain d'envie mine la société pour, comme la lave d'un volcan, exploser périodiquement en détruisant les valeurs dominantes et l'ordre social, est séduisante mais erronée, absolument insoutenable.

L'envie individuelle n'est pas une force révolutionnaire, mais conservatrice. Le véritable envieux aspire uniquement à conserver son privilège ou à en gagner un nouveau. Un million d'envieux ne modifient pas la situation. Chacun regarde son voisin, qui regarde son voisin, et ainsi de suite à l'infini. Tous contestent les critères de justice, non pas parce qu'ils se fondent sur des critères supérieurs, mais parce qu'ils espèrent en tirer un avantage personnel. Les envieux ne constituent pas une armée en marche vers un objectif, mais une multitude hétérogène d'inquiets qui s'épient les uns les autres, qui se poussent et se bousculent, qui s'arnaquent à qui-mieux-mieux, qui s'insultent pour apaiser leur propre souffrance.

L'envie est la face négative du désir. Quand un autre que nous, qui partage à peu près notre condition et dispose des mêmes possibilités, obtient quelque succès ou quelque récompense, nous sommes tentés de le lui prendre. C'est comme dans une course cycliste : le peloton reste compact jusqu'au moment où l'un des coureurs, à l'improviste, s'échappe. Les premiers du classement se lancent à sa poursuite. Non pas pour le dépasser et arriver les premiers, mais pour le ramener dans le groupe, pour l'empêcher de prendre un avantage.

L'envie est le grand mécanisme qui freine, qui réabsorbe tous ceux qui cherchent à émerger, à se détacher. Et ceux qui le font fonctionner sont toujours les voisins, les pairs, ceux qui jouissent des mêmes possibilités. Au sein de la pyramide sociale, chaque niveau s'efforce de retenir les siens pour les empêcher de passer au niveau supérieur. Et il en est ainsi dans tout regroupement social, qu'il s'agisse de la famille, de la corporation, de l'église, du parti. L'envie, d'un point de vue social, est un mécanisme d'inertie, qui tend à conserver la structure en l'état — immobile.

L'envie constitue la résistance de fond, biologique, primordiale, que les individus, dans toute société, opposent à quiconque cherche à s'élever au-dessus d'eux. Les êtres vivants se pressent et se bousculent toujours pour s'affirmer, pour vivre, pour répandre leur semence ou, dans le cas des humains, leur influence, leurs idées, leurs créations. Et chaque fois que l'un d'eux prétend s'élever, tous les autres sont là pour lui faire obstacle, le retenir, l'emprisonner.

Ce processus existe bien avant d'être conscient, dans l'enchevêtrement agressif des racines d'une forêt, dans l'étreinte meurtrière des espèces rampantes, dans la façon dont chaque animal, sur toute la surface de la terre, défend son territoire. Et nous le retrouvons même, sous une autre forme, au niveau inorganique : en physique, c'est l'inertie, qui s'oppose à la fusion des corps ; dans le domaine de l'électricité, la « résistance », qui empêche la circulation du courant.

Pour ceux qui resteraient attachés à l'idée que l'envie se trouve à la base de toute révolution, j'ajouterai toutefois que pour devenir force collective, idéologie militante, cette force de freinage et de rétention doit se transformer en quelque chose de totalement différent, subir une métamorphose radicale. C'est cette métamorphose qu'accomplissent les mouvements[3].

Les mouvements, en général, se manifestent comme la conséquence d'un processus de développement économique ayant fait émerger de nouvelles formes de richesse et de pouvoir. Dans la cité grecque, une bourgeoisie et un artisanat citadin à mi-chemin entre les seigneurs de la terre et les paysans. Dans la cité-État de l'Italie médiévale, une « classe moyenne » surgie entre les féodaux et leurs serfs. À l'époque de la révolution industrielle, un prolétariat, une petite et une grande bourgeoisie insérés entre paysannerie et noblesse.

Ces nouvelles classes désirent ardemment se hisser au niveau des classes supérieures en même temps qu'elles deviennent un objet d'imitation, d'émulation et d'envie pour les classes immédiatement inférieures.

La société devient alors plus dynamique, avec la montée en puissance des désirs et des aspirations de tous ses membres. C'est ce processus qu'on a appelé la « révolution des expectatives croissantes ».

Dynamisme social et envie, ainsi, augmentent de concert. Une quantité de gens se mettent à vouloir plus, à se comparer à ceux qui sont plus riches, qui jouissent de plus de pouvoir, et à souffrir de leur impuissance à les rejoindre. Ils commencent à se demander si l'ordre social est vraiment juste, si les privilèges consolidés sont réellement légitimes. Ces plaintes, ces doutes, sont d'abord le fait d'individus ou de groupes isolés et, par là même, impuissants.

Mais là où l'individu isolé échoue, le mouvement peut réussir. Le mouvement, à travers une expérience particulière que nous avons nommée *état naissant*[4], opère une remise en cause radicale de l'ordre existant. Il se pose la question cruciale, essentielle : « Pourquoi les choses sont-elles comme elles sont, pourquoi les relations sociales sont-elles ainsi et pas autrement ? » Des questions qui vont ébranler les fondements des légitimités et des différences établies, transformer en aspirations collectives légitimes, puis en droits, ce qui n'était jusque-là que désirs impuissants.

Il faudra pour cela créer une nouvelle solidarité collective, un *nous* capable de porter cette aspiration à la justice. On va voir ainsi se développer, à l'intérieur, une extraordinaire expérience de fraternité et un immense désir d'égalité.

Le mouvement, en outre, crée une polarité, il fait une nette distinction entre nous et eux, entre amis et ennemis.

Ceux qui font partie du mouvement constituent un champ de solidarité. Les différences perdent de leur importance, tout le monde aide tout le monde, chacun se donne à l'œuvre collective. La compétition et l'envie disparaissent. L'agressivité se canalise vers l'adversaire.

Le mouvement collectif a, ainsi, la propriété de détourner des voisins et des semblables une agressivité qui va se diriger tout entière vers l'ennemi collectif. Il réduit l'envie au sein de la communauté et la transforme en sentiment de justice. Il lui confère une légitimité.

Mais ce type de légitimité reste partial. C'est la légitimité du point de vue de l'un des protagonistes. Le principe fondamental de Rawls, selon lequel chacun doit fixer les critères de jugement — de la justice — sans savoir quelle est sa position n'est en vigueur qu'au sein de la communauté fraternelle. Jamais pour l'ennemi.

Ce sentiment de justice unilatéral, et qui ne fait rien pour se dissocier de sa partialité, nous l'appelons *idéologie*.

C'est le mouvement, avec son élaboration idéologique, qui fait apparaître les sentiments caractéristiques des états subversifs et révolutionnaires. On entend souvent dire qu'avant la Révolution française, le peuple enviait les nobles et la classe bourgeoise. Ce n'est absolument pas vrai. Les nobles s'enviaient les uns les autres, la riche bourgeoisie enviait les nobles, la petite bourgeoisie enviait la grande tandis que les paysans enviaient ceux qui étaient les plus proches d'eux, bien que supérieurs. Le désir et l'envie s'embrasent aux frontières.

C'est pendant la Révolution, et non avant, que les disparités sociales, même les plus légères, sont devenues intolérables. C'est pendant la Révolution qu'explose la haine envers l'aristocratie et que les foules s'agglutinent sur les places publiques pour y voir guillotiner les membres de la noblesse. Avant, c'était admiration et respect. Pour que la haine apparaisse, il fallait que l'idéologie égalitaire se soit d'abord répandue, que l'agressivité puisse trouver une justification idéologique.

Il s'est passé la même chose dans les relations entre prolétariat et bourgeoisie. L'ouvrier n'était pas en condition d'envier le riche bourgeois. Il en avait peur, il l'admirait, même si, à l'occasion, il ressentait lui aussi des bouffées de haine. C'est un mouvement ouvrier déjà constitué qui a désigné la bourgeoisie comme l'ennemi, la cause de tous les maux. À travers le concept de la plus-value et de l'exploitation de la plus-value, il s'est persuadé que la richesse du bourgeois était le produit d'une escroquerie commise à ses dépens.

À ce stade, il a cessé de ressentir la simple envie. Son sentiment s'est transformé en indignation, et en haine, et en colère.

Pour conclure, nous pouvons dire que les idéologies envieuses utilisent l'énergie désirante qui naît de la comparaison avec l'autre et l'agressivité de la frustration qui, dans les conditions habituelles, sont à la base de l'envie, pour produire de l'envie. La métamorphose accomplie, l'envie disparaît pour laisser place à son correspondant collectif, la haine de classe, la haine raciale, la haine religieuse ou politique.

Ces sentiments, bien qu'ils s'alimentent aux mêmes sources que l'envie, ne sont plus de l'envie. L'envie individuelle est pétrie de doute, c'est une lutte avec soi-même autant qu'avec les autres. L'envieux est aussi quelqu'un qui doute. Le militant fanatique, au contraire, ne doute jamais. Il lutte pour une cause qu'il considère juste et ne se pose pas le moindre problème.

Ressentiment et envie collective

Même le *ressentiment* dont parlent Nietzsche et Max Scheler[5], ce mélange d'envie, de haine et de désir de vengeance, est de nature collective. Pour qu'il naisse, il faut que soit déjà constituée une forme ou une autre de conscience du *nous*, par opposition à *eux*. Ceci, comme nous venons de le voir, est produit par les mouvements. L'erreur de Nietzsche et de Scheler est de croire que le ressentiment vient avant le mouvement, avant le passage au collectif. L'erreur de Marx est de penser que la haine de classe vient avant les classes, avant les mouvements qui ont fait émerger la conscience de classe, le sentiment d'appartenance et l'identification de la classe ennemie.

Mais quand ce processus est parvenu à son terme, quand on a d'un côté *nous* et de l'autre, *eux*, l'envie, la haine et le désir de vengeance se focalisent sur un objet commun. Les pauvres, les misérables, les opprimés, peuvent regarder haineusement les riches, les heureux, les puissants. Ils peuvent souhaiter leur ruine, personnelle aussi bien que collective.

Car ce désir est caractéristique du ressentiment, comme de la haine de classe ou de la haine raciale. Il est dirigé contre un groupe, une collectivité, mais aussi contre chacun de ses membres pris individuellement. L'antisémite hait tous les Juifs, et tel Juif en particulier. Le marxiste convaincu hait le capitalisme, la classe capitaliste, mais aussi tel ou tel capitaliste, son voisin.

La haine pour une entité collective n'est pas, toutefois, la somme des haines individuelles. L'une et l'autre naissent d'une élaboration qui produit, simultanément, les deux objets.

C'est ce type de ressentiment qu'éprouvent les Noirs

américains libérés de l'esclavage mais victimes d'une discrimination sociale. Ou bien les Noirs d'Afrique du Sud, qui longtemps ont constitué la dernière population officiellement placée sous la domination des Blancs. Ou encore les Arabes musulmans vis-à-vis de l'Europe et des Européens. Parce qu'ils ont représenté naguère une grande civilisation et doivent aujourd'hui assister, impuissants, au triomphe des Infidèles.

Nietzsche avait raison de parler du ressentiment des Hébreux qui, en tant que peuple, se considéraient comme les élus de Dieu, et devaient subir la colère et le mépris des chrétiens.

Le ressentiment est largement répandu, de nos jours, chez tous les peuples dits du tiers-monde qui ont connu des phases d'occidentalisation suivies de réactions[6], de tentatives pour rejeter des valeurs occidentales, puis de nouvelles périodes de rapprochement.

Ce processus alterné d'acculturation et de rejet, d'admiration et de dénigrement, d'attraction et de haine ne débouche pas seulement sur du ressentiment mais aussi, en raison, précisément, de sa complexité et de son ambivalence, sur l'*envie collective*, que caractérise, par rapport à ce ressentiment, une plus forte admiration, une expérience subjective de mauvaise foi.

Après l'invasion iranienne du Koweit, des milliers de Jordaniens ont manifesté contre l'ambassade américaine de leur pays pour appeler à la guerre sainte et à la destruction du Satan occidental. Mais un certain nombre d'entre eux, au même moment, faisaient des démarches pour émigrer aux États-Unis et auraient été très heureux qu'on les y accepte, fut-ce au prix d'un engagement dans l'armée ennemie.

Ces Jordaniens méprisaient les Occidentaux uniquement parce que, au fond d'eux-mêmes, ils les sentaient supérieurs, ou craignaient qu'ils ne le soient. Ils chantaient les louanges de Saddam Hussein, non pas parce qu'ils l'appréciaient, mais parce qu'il leur apparaissait comme l'homme fort du moment, capable de porter des coups à cet Occident détesté. Ils exaltaient l'Islam, enfin, non pas parce qu'ils étaient de pieux musulmans, mais parce qu'il leur offrait une contre-valeur, une bannière à brandir face à celle de l'Occident.

Nous sommes ainsi en présence d'un processus ambigu, fait d'avancées et de reculs, d'argumentations fallacieuses, d'hystérie cultivée, d'hypocrisie, de mauvaise foi.

L'envie et le ressentiment se ressemblent, mais ne doivent pas être confondus. Le ressentiment est un état de haine, de rancœur, de désir de vengeance chronique ; un état mental permanent, un désir durable de s'approprier les biens d'autrui, de les lui arracher, de voir souffrir l'ennemi. On n'aperçoit pas dans le ressentiment le doute, les tourments de la mauvaise foi, le désir spasmodique d'être comme l'autre, la disponibilité à trahir qui accompagnent l'envie. Le ressentiment est de nature plus idéologique, il est plus radical, plus assuré, plus fanatique. L'envie collective, au contraire, est principalement centrée sur l'individu, plus intimement mêlée d'ambition personnelle, plus prompte à trahir, à se retourner, à changer de camp.

L'envie collective se forme dans les situations d'échec répété, d'ambivalence chronique, de relations ambiguës et prolongées entre une civilisation supérieure et une civilisation inférieure, quand l'inférieure souffre de ne pas parvenir à se situer de façon durable d'un côté ou d'un autre, quand elle ne parvient ni à rester elle-même, ni à changer pour rejoindre son modèle. Le travail de l'envie, qui, dans ce cas, relève autant de la récrimination personnelle que de l'idéologie collective, acquiert souvent les caractéristiques d'une colère désordonnée, malsaine, empoisonnée.

Dans ces circonstances, l'apparition d'un mouvement agressif autour de quelque leader fanatique constitue une thérapie, ou n'apporte qu'un soulagement momentané de cette souffrance envieuse. Elle la transforme en enthousiasme, en ressentiment, en haine[7].

À partir de ce que nous venons de dire, nous pouvons conclure que le ressentiment et l'envie sont appelés à croître dans un avenir immédiat. Le monde est très nettement divisé entre pays riches et pays pauvres, avec un immense prolétariat externe[8] qui n'a guère de possibilités d'améliorer sa condition mais qui, avec les moyens de communication et l'immigration, est puissamment exposé à l'effet démonstratif des pays dominants. On retrouve ainsi, à l'échelon planétaire, la situation des Noirs américains ou celle des Noirs d'Afrique du Sud, ou encore celle des pays arabes : profondes ambivalences, mouvements identitaires succédant à des phases d'occidentalisation. D'où une ambivalence généralisée, profonde, et prolongée. D'où le ressentiment ou l'envie collectifs qui, périodiquement, laissent place à des mouvements, à des tentatives de recomposition solidaire, à la formation de régimes anti-occident débouchant sur de véritables états de guerre.

20

Le mythe égalitaire

L'idée d'égalité et la conception de la justice comme égalité absolue ont deux racines distinctes, et même opposées. L'une plonge dans l'amour, l'autre dans l'envie et la haine.

Observons les phases initiales d'un mouvement, quel qu'il soit, dans la période de son *état naissant*. Pensons, par exemple, au christianisme à ses origines, au groupe de fidèles rassemblés autour de Mahomet ou Medina, aux franciscains, ou aux disciples enthousiastes de Sabbatai Sevi[1]. Ou encore aux premiers maçons[2], aux premiers anarchistes, aux piétistes, aux quakers[3], à la naissance des ordres monastiques en Orient comme en Occident. En fait, à tout ce qui constitue un rassemblement d'individus illuminés par une foi, par une inspiration, désireux de créer un monde d'amour, de fraternité, de bonté, et qui s'y consacrent avec une âme pleine d'ardeur et un cœur pur. Ils se nomment frères, amis, compagnons, parce qu'ils se sont identifiés les uns aux autres et tous ensemble dans la poursuite d'un idéal qui les transcende, d'un objectif dont la valeur est infiniment plus élevée qu'eux-mêmes.

Max Weber, déjà, avait noté que dans ces situations — qu'il qualifie de « charismatiques » — s'établit une forme de communisme spontané : « Un communisme de l'accaparement et de la proie, ou le communisme du couvent avec toute sa variété dans la *caritas* et dans l'aumône... Le communisme d'amour a existé sous une forme ou sous une autre au moment culminant de toutes les religions, et se perpétue chez les professionnels du service de Dieu, les moines... Aux yeux des plus sincères d'entre eux, l'absence de biens terrestres, de possessions individuelles, accompagne naturellement l'esprit de sacrifice et l'aspiration à une authentique sainteté[4]. »

On voit, dans cette situation, s'appliquer la règle fondamentale d'après laquelle chacun donne en fonction de sa capacité à recevoir, et reçoit selon ses besoins. Pour que la chose soit possible, pour que s'accordent l'offre et la demande, il est nécessaire que chacun autolimite ses propres besoins et exigences. Que nul ne cherche à obtenir le maximum, mais le minimum, et que personne ne se tourne vers son voisin avec convoitise ; que personne n'éprouve d'envie.

À l'*état naissant*, n'existent pas encore de hiérarchies de prestige et de pouvoir. Nul ne peut dire, « je mérite plus parce que j'ai fait plus, parce que je suis plus que vous ». Il y a au contraire, dans l'indifférence aux mérites passés, une sublime folie et une sublime sagesse. À l'état naissant du mouvement, chaque nouveau venu est accueilli fraternellement, sans qu'on se soucie de ce qu'il a été naguère. Quiconque arrive dans le mouvement abandonne son statut antérieur, les droits qui s'y attachaient — notamment au plan de la hiérarchie sociale. On voit ainsi se réaliser, spontanément, les conditions énoncées par Rawls pour une vraie justice : chacun en fixe les critères sans savoir quelle est sa propre position. Puisqu'en réalité, il n'a pas de position.

L'état naissant nous montre que nos idéaux de justice les plus élevés prennent leur origine dans une situation où personne ne prétend s'élever au-dessus des autres, mais où chacun se dévoue à l'œuvre collective dans la joie de donner et en s'oubliant soi-même.

De nombreux sociologues, à commencer par Max Weber, pensent que ce type de communisme existe aussi dans la communauté domestique. Rien n'est plus faux. Le groupe à l'état naissant n'est pas une sorte de famille, c'est quelque chose de tout à fait différent. Dans la famille existent toujours des hiérarchies, des règles de préséance, un système compliqué de mérites et de récompenses. Les enfants s'envient mutuellement et chacun veille à ce que les autres ne reçoivent pas plus que lui. La famille est une *institution* de la vie quotidienne, au sein de laquelle les ressources sont divisées selon une rigoureuse comptabilité des droits et des devoirs de chacun.

L'état naissant est, au contraire, une mort et une renaissance. Celui qui y entre est un homme nouveau, un renaissant. Il n'a ni statut, ni histoire. Ce changement profond vient simplement du renoncement à ses propres titres et à son propre nom de famille. Les gens se tutoient, s'appellent par leur prénom et, souvent, par un surnom ou par un nom de guerre.

Même les psychanalystes et les sociologues qui se sont inspirés de la psychanalyse se sont trompés en pensant que le groupe à l'état naissant était une sorte de régression à la famille ou à l'enfance. C'est, en réalité, quelque chose d'entièrement nouveau. L'origine, la genèse des formations sociales basées sur la solidarité est une création ex nihilo. Les sectes, les églises, les partis peuvent naître parce que l'ordre ancien, avec ses règles, se dissout et que l'individu, en renaissant, renonce à lui-même, à l'âpre compétition avec ses semblables, ne se soucie plus de ce qu'il a reçu ou de ce qu'il a donné, ne craint plus d'admirer celui qui le devance mais, au contraire, le suit d'un cœur joyeux. Ces formations peuvent émerger justement parce que, à travers l'égalité et le communisme, l'envie disparaît : la comparaison solitaire d'un individu isolé avec un autre individu isolé, les brimades réciproques.

À l'opposé de l'état naissant, à ses antipodes, se trouvent les situations sociales dans lesquelles des individus et des groupes d'individus cherchent à dominer les autres par un contrôle envieux. Dans lesquelles, au lieu de faire abstraction de ses propres besoins pour se dévouer à la collectivité, chacun épie fiéleusement son voisin pour voir ce qu'il a obtenu de plus, et cherche à le freiner, à l'empêcher de s'élever. C'est la pathétique tentative de l'envie pour obtenir l'égalité. Non pas un élan de tous vers le haut, une surabondance de générosité, mais la crainte mesquine de voir son voisin favorisé. Non pas l'abandon de la comptabilité économique et de celle des mérites et des récompenses, mais une ombrageuse vigilance, le décompte jaloux des plus infimes différences.

Cet effort aussi vain que laborieux pour obtenir l'égalité à travers l'envie apparaît en général dès que le mouvement se rigidifie en institution. Lorsque la communauté utopique de l'état naissant cherche à perpétuer le communisme spontané qui l'animait jadis en imposant des règles, une discipline, des contrôles, une comptabilité des mérites et des récompenses.

C'est un phénomène qui n'a cessé de se répéter au cours de l'histoire. La communauté utopique, après avoir vécu d'élans et d'émotions, se replie sur elle-même, se racornit.

Au lieu de regarder au-dehors, vers l'avenir, ses membres se serrent les uns contre les autres et s'efforcent de retenir leurs valeurs premières en multipliant les interdits. Dans leur désir de rester égaux, ils s'épient et rejettent toute velléité vers la diversité. Les communautés arrivées à ce stade finissent souvent par ressembler à des sociétés primitives, ou aux grandes familles patriarcales et autoritaires. Agressives, obsessionnelles, despotiques.

On a vu de grands mouvements religieux ou politiques réaliser l'idéal d'égalité. Ils y sont parvenus parce qu'ils l'ont réalisé à l'intérieur d'eux-mêmes, comme une expérience concrète, vécue à leur état naissant, et qui brisait les barrières entre les castes, les classes, les peuples, découvrant, avec la fulgurance de l'intuition amoureuse, que les hommes possèdent tous la même dignité, la même valeur, les mêmes droits. Ce sont les grandes religions traditionnelles, le judaïsme, le christianisme, l'Islam, qui ont répandu l'idée que les êtres humains, tous les êtres humains, sont enfants du même Dieu et ont des droits égaux devant lui. Mais la comparaison envieuse n'y était pour rien. Cela s'est fait à chaud, dans le creuset ardent de la vie en commun, de la foi, de la pratique d'un élan altruiste, de l'amour.

Puis ces religions ont produit elles aussi des institutions sclérosées, hiérarchisées, animées par des sentiments antagonistes et envieux. Tout processus d'institutionnalisation est, en fait, une rigidification. Et il peut toujours déraper vers la tyrannie, le despotisme, pour aboutir à des monstruosités. Chaque institution ne peut vivre et maintenir ses valeurs originelles que si elle se renouvelle, si elle est périodiquement irriguée et régénérée par des mouvements, si elle reste guidée par la rationalité[5].

Quiconque s'est figuré un jour que des idéaux d'égalité et de fraternité pouvaient naître de l'envie a confondu, de façon inadmissible, le moment chaud, fluide, créatif de la société et son moment froid, sa solidification. L'envie appartient à la rigidité, à l'immobilité, à la stagnation, au déclin de la vie, à l'élan qui retombe, à l'enthousiasme et à l'amour qui s'éteignent.

21

Société antique et société moderne

Lesquelles sont les plus envieuses, des sociétés antiques ou des sociétés modernes ? Probablement les sociétés antiques. L'image d'une société primitive et d'un monde paysan formé de communautés harmonieuses et sereines est tout à fait privée de fondement. Les penseurs qui, comme Rousseau ou Durkheim, ont soutenu cette thèse, se sont fourvoyés.

L'envie surgit de l'observation du voisin, de la comparaison que l'on fait entre soi-même et lui. C'est, dans sa forme première, l'envie de la nourriture, le désir d'en déposséder l'autre à l'instant où il la mange. Même dans nos campagnes, les familles paysannes, quand elles cuisinaient quelque chose de spécial, en faisaient porter une assiette aux voisins pour qu'ils ne soient pas envieux. Et c'est d'autant plus la règle s'il s'agit d'une communauté peu nombreuse, au sein de laquelle les gens vivent tout près les uns des autres, dans laquelle tous exercent à peu près la même activité, et où chacun, ainsi, peut facilement se mettre à la place de l'autre.

Durkheim pensait que ces gens si semblables, qui partageaient les mêmes croyances et adoraient les mêmes divinités, se sentaient profondément liés, solidaires[1].

C'est vrai, mais seulement aux yeux d'une tribu différente, ennemie. Entre les premiers, au contraire, on trouvera toutes les conditions propices à l'identification envieuse.

La littérature anthropologique est riche d'exemples montrant l'envie à l'œuvre dans le monde primitif, et ses manifestations sous forme de mauvais sorts et de pratiques de sorcellerie. Dans ces sociétés, en outre, les individus craignent d'exceller, d'acquérir quelque chose de plus parce qu'ils craignent de déclencher l'identification envieuse. Si bien qu'elles restent figées, évitent toute innovation.

Il devient possible de rompre l'inexorable immobilisme de l'envie quand, grâce à l'excédent de production agricole, se différencient une classe sacerdotale et une classe aristocratique. Celles-ci vont se protéger de l'envie de la masse en instaurant entre cette masse et elles-mêmes une distance sacrée, rituelle. Les grandes sociétés fluviales d'Égypte et de Mésopotamie appartenaient à cet univers, avec leurs rois divinisés et leur clergé détenteur du monopole du savoir. Mais des distinctions analogues apparaissent dans tous les grands empires passés, des Chinois aux Incas.

Il faut reconnaître à la Grèce antique une position à part. Il ne s'y est pas créé d'empires, mais une série de petites cités-États. Dans ces dernières, l'envie est beaucoup plus répandue et se traduit par des conflits entre les classes sociales qui produiront les premières idéologies égalitaires. Elle est toutefois contrôlée et dirigée vers des objectifs innovants à travers une extraordinaire élaboration culturelle, qui la canalise vers la *compétition* individuelle.

La Grèce était une société d'artisans et de marchands qui se faisaient concurrence les uns aux autres sur le marché. Mais la compétition allait bien au-delà. Songeons à l'importance de la compétition sportive, qui culminait à Olympie. On trouvait des institutions analogues dans le domaine de la philosophie, où l'homme de savoir ne pouvait se reclure dans le silence et dans le secret comme le gourou indien ou le prêtre égyptien. Il devait descendre sur l'agora, exposer ses thèses et en faire la démonstration. Tout le monde pouvait écouter, chacun était libre de juger en faisant appel à sa raison. Et il en était de même dans le domaine politique ; le démagogue devait faire ses propositions en public, les soumettre à un vote et, partant, en assumer la responsabilité.

Ce faisant, les Grecs dilataient au maximum le champ des actions dont le résultat dépend du mérite personnel, de la vertu comprise comme *arete*, excellence.

Au-delà de cette zone lumineuse, où chaque individu reçoit ce qu'il mérite, s'étend une zone obscure, incompréhensible. C'est le lieu du destin, la *moira*, qui signifie part, quota, portion. Tout ce qu'il y a de bon et de mauvais dans l'existence est distribué inégalement entre tous les êtres humains — voire entre tous les êtres vivants — et il n'est pas de raison d'éthique pour justifier cette inégalité. La *moira* est une divinité impersonnelle qui agit au-delà de toute compréhension, au-delà de toute justice. Les Dieux eux-mêmes, y compris Zeus, sont impuissants devant elle.

Il existe donc un champ lumineux dans lequel l'individu peut s'affirmer à sa juste valeur. Mais, au-delà d'un certain seuil, c'est l'irruption de l'incompréhensible, de la tragédie, à laquelle on ne saurait opposer qu'une dignité virile.

Le modèle culturel grec entre en crise avec la constitution des royaumes hellénistiques. De grands États se créent, au sein desquels s'affirment les aristocraties héréditaires et les monarchies divinisées. Ces royaumes seront absorbés par Rome dans un vaste empire universel.

Dans un système aussi vaste et à l'intérieur duquel existent d'énormes différences de richesse et de pouvoir, il est impossible d'attribuer à chaque individu la récompense de son mérite personnel par le biais d'une compétition réglementée. Il en résulte un profond sentiment d'injustice et d'impuissance, et l'idée que le monde est fondamentalement mauvais, comme dans les doctrines agnostiques.

Tout au long de la période hellénistique, les gens se réunissent en petites communautés, volontairement, pour se protéger des sentiments mauvais, de l'agressivité, de la mesquinerie, de la haine, de l'envie. C'est ce que recommandent les stoïciens et les épicuriens, c'est ce que prescrivent les religions du salut.

Il n'y a plus de mécanisme social général, universel, valable pour tous. La société, dans son ensemble, est livrée aux forces du mal. Ne restent que des îlots, des groupes isolés de gens qui cherchent à édifier une cité sainte, idéale.

Le christianisme, lui aussi, s'est répandu de cette façon. Comme un ensemble de petites communautés de frères et de sœurs qui s'aimaient les uns les autres et voulaient extirper de leur sein la malignité du monde. Certaines sur le mode ascétique, d'autres comme associations d'individus et de familles qui restaient dans le monde mais s'en détachaient spirituellement. L'individu se réfugiait dans ces communautés pour pratiquer son culte, mais aussi pour jouir d'un climat de bonté et de sérénité, où la compétition et l'envie n'avaient pas leur place.

Avec les grandes religions du salut, disparaît l'idée d'une puissance impersonnelle qui fixe arbitrairement la *moira*, le destin de l'individu. Tout est ramené à la volonté imprescriptible de Dieu. Dieu est à la racine de toutes les différences, et s'il semble en résulter un monde chaotique et privé de sens, c'est simplement parce que notre intelligence est limitée. Au plan divin, tout n'est que sagesse et justice.

Le monde, pourtant, s'est éloigné du projet divin et le mal, la haine, la méchanceté y ont fait irruption. Toutes les religions du salut, sous une forme ou sous une autre, annoncent la fin de cette époque de perdition et assignent à l'homme un devoir moral.

Pour le christianisme, les hommes doivent s'aimer les uns les autres, vivre ensemble sans haine et s'entraider. Et aussi, sans convoiter le bien d'autrui — sans envie. Il faut, pour en arriver là, que chaque individu fixe une limite à ses désirs, modère ses prétentions, ses appétits, et sache se contenter de peu.

Les dix commandements, déjà, proscrivaient l'envie : « Ne pas convoiter le bien d'autrui. » Mais la prescription va se faire plus radicale : « Ne désire intensément aucun des biens de ce monde. Et ce que tu as de précieux, donne-le. » Sont ainsi rejetés, dévalorisés, les richesses, les honneurs, tout ce qui fait naître l'envie. Ils ne sont rien aux yeux de Dieu. Pendant des siècles, le renoncement demeurera l'idéal de la communauté chrétienne.

L'idéal recherché par les petites communautés est ainsi reporté sur l'ensemble de la société. Mais ce qui était possible au sein de ces communautés restreintes, encore qu'à grand-peine et sous la pression enthousiaste du mouvement, ne l'était plus dans une société aussi vaste que complexe. L'idée de transformer toute la société en une seule communauté fraternelle était d'avance condamnée à l'échec.

En Europe, on voit se développer une orgueilleuse aristocratie militaire, puis une bourgeoisie mercantile florissante. L'une comme l'autre redécouvrent le goût de la richesse et des honneurs, et renouent avec la compétition.

Le chrétien sera toujours tiraillé entre ces deux polarités. Engagé dans le monde, dans la guerre, dans la compétition, dans le commerce, il éprouve un tenace sentiment de culpabilité et rêve de se débarrasser de toutes ses aspirations mondaines pour vivre dans la prière, l'altruisme et le dénuement. La convoitise pour les biens et les honneurs, l'envie, annonce l'échec de ses aspirations spirituelles, la victoire du monde et de ses tentations.

Pour un chrétien, désirer la richesse, le succès, les honneurs, signifie désirer pour soi-même et non pour les autres, manquer à la règle fondamentale de l'altruisme et de la fraternité. Cet esprit est ensuite passé dans les courants politiques d'inspiration socialiste et a animé, au cours des deux derniers siècles, l'hostilité envers le capitalisme qui, lui, exige la compétition, la concurrence, le désir et la réussite.

Max Weber et, après lui, une multitude de sociologues et d'historiens se sont efforcés d'expliquer l'apparition d'une éthique de la compétition à partir du protestantisme. Dans les pays protestants, les ordres monastiques ont été supprimés et avec eux un idéal de vie détachée du monde. Et l'idée de la prédestination s'est répandue, avec la vision d'un Dieu impitoyable, incompréhensible, qui distribue à sa guise le salut et la damnation et s'apparente plus à la *moira* grecque qu'au symbole de la crucifixion.

Mais le plus grand changement s'est produit avec la découverte révolutionnaire que l'égoïsme, l'avidité, l'acharnement de chacun à servir ses propres intérêts produisaient non seulement de la richesse pour tous, mais aussi une meilleure justice. L'utilitarisme de Bentham et la théorie économique d'Adam Smith naissent en même temps, et se révèlent complémentaires.

À la fin du dix-huitième siècle, en Angleterre, s'est ainsi constitué un modèle d'idéal alternatif. Nul besoin de former une communauté de frères et d'égaux renonçant à leurs désirs et à leurs biens en faveur du prochain. Nul besoin de condamner les intérêts et la compétition. Il faut, au contraire, fixer les règles de la concurrence grâce à laquelle les virtuoses seront plus récompensés que les autres. Ne plus rechercher l'égalité et la pauvreté, mais la justice, qui donne à chacun en fonction de son mérite[2].

La lutte séculaire entre socialisme et capitalisme a aussi été une lutte entre ces deux conceptions de la vie sociale. La première prend ses racines dans la communauté hellénistique ou chrétienne idéale. La seconde redécouvre, après des millénaires, la compétition grecque. La croyance en la discorde bénéfique, l'*eris* bénéfique, qui récompense les mérites.

Pendant près de deux siècles, ces deux conceptions se sont combattues, inspirant des régimes politiques divers mais toujours antagonistes. Au vingtième siècle, elles ont inspiré de véritables guerres idéologiques, jusqu'à l'effondrement du système communiste et à la victoire du système libéral concurrentiel.

C'est aux États-Unis que cette conception de l'équité compétitive s'est le plus développée, jusqu'à devenir une véritable foi. La culture américaine est imprégnée d'un profond optimisme pragmatique. Les symboles, les institutions, le cinéma hollywoodien, l'enseignement scolaire, les entreprises, les lieux de divertissement comme Disneyworld ou Epcot ne font que marteler un thème unique et fondamental : tout individu qui sait se battre et ne pas se décourager finit par voir ses efforts récompensés. Il faut se donner des objectifs, et se battre pour les atteindre. Il faut avoir des rêves, et se battre pour les réaliser.

C'est pourquoi, si quelqu'un gagne, on en déduit qu'il s'est battu, qu'il est supérieur et qu'il mérite des applaudissements.

Cette idéologie se pose comme une antithèse absolue de l'envie. L'envie souffre de la réussite du vainqueur, cherche à le dévaloriser et désire le voir perdre tout ce qu'il a obtenu. Le credo américain exige, au contraire, qu'on l'acclame, et qu'on l'apprécie moralement.

22

Envie et rapports amoureux

Parents et enfants

L'amour est le grand antagoniste de l'envie. Quand nous aimons quelqu'un, nous voulons son bonheur et nous sommes heureux s'il réussit et s'il est heureux. L'enfant est fier de ce que fait son père, admire son grand frère le jour ou celui-ci dispute un match et en sort vainqueur. Le jeune garçon adore son chanteur ou son champion sportif préféré, le soutient avec enthousiasme, forme des vœux pour son triomphe. L'amoureux veut se confondre avec l'être aimé, s'oublie lui-même et ne désire que le plaisir de l'autre.

Dans l'amour, les frontières entre le sujet et l'objet s'estompent. L'individu se confond avec l'être aimé et le vit comme une part essentielle de lui-même, comme la part la plus précieuse de son être. C'est bien ce qu'indiquent des expressions comme « mon cœur », « ma vie », « mon âme ».

En parlant de la valeur du Moi, nous avons dit que le Moi est constitué de ses propres objets d'amour et d'identification, individuels et collectifs.

Le Moi de celui qui aime est complètement occupé,

comblé par ces objets. Le sujet vit en eux et à travers eux.

L'amour, pourtant, même le plus absolu, le plus intense, même l'amour du petit enfant pour sa mère, n'est jamais une pure fusion, il est aussi l'affirmation des besoins propres du sujet, de ses désirs, de son individualité. La psychanalyse en a clairement fait la démonstration[1]. Les enfants entrent en conflit avec leurs parents. Ils finissent par haïr et par rejeter leurs propres objets d'amour et d'identification, et ce déchirement intérieur est la base même de la psychologie[2].

Freud a donné à cette coexistence de l'amour et de la haine le nom d'ambivalence. On pourra ainsi éprouver de l'envie envers son propre père, sa propre mère, envers ses frères et ses sœurs, indépendamment de l'amour, fut-il immense, qu'on leur porte.

On aura d'autant plus de chances de vivre l'ambivalence qu'on sera plus proches les uns des autres, forcés de vivre ensemble sans pouvoir s'éloigner. C'est bien ce qui se passe dans la famille. Les parents ne peuvent se séparer de leurs enfants, et moins encore les enfants des parents. Même chose pour les enfants entre eux. Les conditions matérielles de l'existence, des lois sociales millénaires et, peut-être, un conditionnement génétique profond, s'y opposent. Amour et haine sont ainsi condamnés à cohabiter.

Il y a, aussi, des relations amoureuses qui apparaissent plus tard : l'amour et l'amitié. Dans ces cas, on évite plus facilement l'ambivalence. Et aussi, en général, l'envie. Si cette dernière fait son apparition, cela signifie que la relation s'est détériorée et que, tôt ou tard, elle sera rompue.

Dans le premier type de relations, les relations familiales, obligées, l'envie est en outre inextricablement liée à la jalousie. Les enfants, en fait, entrent en compétition pour l'amour, l'approbation de leurs parents. Dans le complexe d'Œdipe, le fils envie le père et la fille la mère parce que chacun veut être aimé, apprécié, valorisé par le parent de l'autre sexe. Dans une situation fermée comme l'est celle de la famille, recevoir des dons, être estimé, avoir du succès veut dire être préféré, être plus aimé.

Une mère peut devenir envieuse de sa fille et une fille de sa mère si l'une des deux est trop belle, ou trop intelligente. Dans le film d'Ingmar Bergman *Sonate d'automne*, la mère est une grande pianiste. Elle va de concert en concert, triomphante, dans les pays étrangers. La fille ne se sent pas aimée mais, surtout, elle ne peut la prendre pour modèle, car elle est trop brillante, trop supérieure à elle. Dans une scène du film la jeune femme, âgée maintenant d'une trentaine d'années, et mariée, joue du piano devant sa mère qui est venue lui rendre visite. Celle-ci, avec douceur, lui fait quelques suggestions. Mais soudain, la fille éclate en sanglots et se sauve. Elle ne peut supporter un conflit dont elle est toujours sortie humiliée, détruite.

Mais pourquoi, se demandera-t-on, cette fille continue-t-elle, après si longtemps, à se comparer à sa mère? Pourquoi n'a-t-elle pas choisi une autre voie, évitant ainsi la comparaison? Parce que lorsque sa mère s'absentait pour donner des concerts, elle restait seule avec son père — elle avait pris sa place. Mais le père continuait à admirer, à aimer cette épouse fascinante et toujours lointaine. Ils en parlaient ensemble, lui amoureux, elle jalouse. Elle avait été contrainte, par amour pour son père, à s'identifier à elle, à se conformer à ce modèle idéal. Par amour du père, parce que le père aimait ce genre de femme, elle n'avait pu se soustraire à la comparaison.

Voyons maintenant le cas d'une mère envieuse de sa fille. C'était une femme du Sud, brune, solide, travailleuse infatigable. La fille était blonde, menue, et très belle. Elle était aussi intelligente, fantasque, et s'attirait toutes les sympathies. À commencer par celle de son père, qui était sous le charme de cette adorable gamine, lui racontant des histoires, lui apprenant à lire et à écrire. La mère ne la supportait pas, la traitait mal, lui trouvait tous les défauts.

Puis des garçons naquirent, et le mari s'occupa d'eux, négligeant la fillette. Il était fier de ses fils, voulait qu'ils s'instruisent, qu'ils réussissent dans l'existence. Il se donna beaucoup de peine pour leur éducation, les envoya dans les meilleures écoles tandis qu'il gardait sa fille auprès de lui avec l'intention de lui trouver un mari. Mais, en dépit du travail dur et humiliant auquel elle était assujettie, la fille avait une personnalité si forte et elle était d'une telle beauté qu'elle restait l'objet de toutes les attentions, et le personnage le plus important de la famille.

Finalement, les fils échouèrent dans leurs études tandis que la fille, à travers une série de circonstances heureuses, parvenait à décrocher un diplôme et à faire une carrière fulgurante. La mère ne cessa jamais de l'envier, malgré l'orgueil et l'admiration qu'elle éprouvait au fond d'elle-même.

Dans ce cas, cependant, l'envie prend racine dans la jalousie. Tout commence avec la fascination du père pour la petite fille, pour sa beauté, pour son intelligence. C'est la jalousie qui pousse la mère à regarder d'un mauvais œil ses qualités physiques et intellectuelles. Et par la suite, quand les garçons échouent alors que la fille, en dépit des brimades, finit par s'affirmer et par triompher, c'est l'amour qu'elle voue à ses fils et à son mari qui lui rend cette réussite intolérable.

L'amour naissant

L'envie, présente entre enfants et parents d'une même famille, disparaît complètement, au contraire, dans l'état amoureux. Il y a là l'un des phénomènes les plus intéressants et les moins expliqués par la psychologie et par la sociologie — celui qui lie, vite et durablement, deux personnes qui jusque-là ne se connaissaient pas.

À un an de distance, je reste persuadé que la seule théorie raisonnable de la naissance de l'amour est celle que j'ai exposée dans mon livre *Amour naissant et amour*, et qu'elle est aussi la seule qui permette d'expliquer l'absence totale d'envie.

D'après cette théorie, la naissance de l'amour est l'*état naissant* d'un mouvement collectif constitué seulement de deux personnes. Nous avons déjà parlé de l'état naissant des mouvements, et nous avons vu qu'il comprend un processus de fusion. Les membres du groupe en formation vivent une expérience exaltante de mort et de renaissance. Ils se sentent totalement neufs, libérés du passé, ouverts à un destin qui les transcende. Dans l'amour naissant, cette expérience ineffable est ultérieurement enrichie de l'extraordinaire attraction érotique, de l'extase sexuelle. L'érotisme de l'amour naissant est de type extraordinaire, sublime, précisément parce qu'il représente la réalisation physique de la fusion, la disparition des divisions entre sujet et objet, entre le Moi et son objet d'identification.

L'*union mystique* n'est cependant que l'un des aspects de l'amour naissant. Les deux individus, en fait, restent deux personnes séparées, avec leurs propres objets d'amour. Chacun, tout en cherchant à se confondre avec l'autre, cherche aussi à s'affirmer lui-même. Chacun, tout en changeant, demande à l'être aimé de changer aussi. L'amour est ainsi une série de preuves; preuves de vérité, preuves de réciprocité, et il est aussi dilemme[3].

Dans l'amour naissant, chacun, tout en aimant l'autre, cherche aussi à le déborder, à le réduire à sa merci, à le séduire, à le conquérir. Les amoureux peuvent se mentir, se tromper, se punir, se venger. Derrière le plus pur des amours se profilent toujours l'aiguillon de la jalousie, la tentation de la vengeance, la possibilité de la haine. Mais d'envie, jamais. Pourquoi? Parce que, dans l'amour naissant, l'objet le plus chargé de désir, l'objet absolu de l'éros est l'autre et son amour. Parce que, dans l'amour naissant, la valeur suprême, la source de toute valeur, c'est l'autre. L'amour naissant n'a qu'un but, se sentir aimé en retour, s'entendre dire «je t'aime». C'est la plus sûre des gratifications, le plus grand honneur, la plus flatteuse des appréciations, le plus précieux des biens.

Dans l'envie, la personne enviée est le médiateur, celui qui dicte nos désirs tout en y faisant obstacle. Plus il se rapproche de son but et plus il nous empêche d'y accéder, plus il s'élève, grandit, et plus nous rapetissons. Et cela peut nous arriver avec notre mère, avec notre père, avec un frère qui, en nous surpassant, nous lance à la poursuite d'un objectif inaccessible.

Mais il n'arrivera rien de tel dans l'amour naissant, parce que l'autre en est lui-même l'objectif. Et plus il s'élève, plus il rayonne, plus il est désirable, plus notre amour grandit. Plus il nous surpasse et plus nous l'admirons, plus il nous domine et plus nous l'adorons.

Nous désirons nous-mêmes, dans l'amour naissant,

rendre encore plus beau l'objet de cet amour. Les amoureux s'offrent des présents destinés à s'embellir mutuellement. Le langage de l'amour est, avant tout, un hymne à la beauté, à la supériorité de l'être aimé.

Dans l'amour naissant, chacun entrevoit chez l'autre une perfection divine et s'estime heureux de l'avoir rencontré. L'autre est la porte de l'être, la voie qui mène à la béatitude.

Quand nous sommes jaloux, quand nous cherchons à nous libérer d'un amour non partagé, nous sentons un sombre désespoir s'emparer de nous, parce que cette porte se ferme et que la vie perd tout son sens. C'est une plongée dans le néant, une sorte de pétrification.

En aucun cas, pourtant, il ne peut y avoir de l'envie. Pas même dans la colère, pas même dans la haine. Parce qu'il n'est plus rien qui vaille, hormis notre amour. Et nous ne pouvons que le désirer de toute notre âme, ou le rejeter totalement. Mais dans ce cas, nous n'avons plus de désir et, partant, pas d'envie.

Nous avons maintes fois répété que l'envie était une expérience de la quotidienneté, de la vie ordinaire, des désirs routiniers, des comparaisons de proximité. L'amour naissant, au contraire, est l'entrée dans la zone abyssale du tout ou rien, de l'absolu, de l'extraordinaire, du sacré. L'envie, à cette hauteur, perd toute signification.

Un corollaire en découle : si l'envie fait son apparition dans un couple, c'est que l'ultime étincelle de l'amour s'est éteinte.

L'amitié

Alors que l'état amoureux succède à l'amour naissant à la faveur d'une révélation soudaine, l'amitié se construit peu à peu au fil des rencontres[4]. Elle est fondée sur la compréhension et la confiance réciproques, l'estime — toutes qualités morales. L'amitié, en fait, peut se définir comme la forme morale de l'amour.

Nous ne pouvons rester amis avec quelqu'un qui nous trompe, qui nous ment, qui n'observe pas vis-à-vis de nous la plus grande correction ; alors que nous pouvons parfaitement nous éprendre d'un menteur, d'un voleur, d'un délinquant. Le sentiment amoureux s'impose, et nous pouvons seulement chercher à y résister. L'amitié, en revanche, prend corps progressivement, elle se fonde sur le principe de réalité, sur la réciprocité, sur l'entraide, sur le plaisir de discuter avec l'ami, de partager des expériences et des réflexions.

Alors que les amoureux aspirent à la fusion, les amis gardent des personnalités distinctes et s'enrichissent mutuellement dans la mesure, précisément, où chacun préserve sa spécificité. Tout amoureux cherche à changer l'être aimé, tout comme il est prêt à changer lui-même. Les amis, au contraire, respectent leur diversité. Quand deux amoureux se font un présent, ils le choisissent en fonction de leurs propres goûts ou de l'image idéalisée qu'ils ont de l'autre. Les amis le choisiront plutôt en fonction de ses besoins véritables, de ses préférences réelles, ou bien parce qu'ils estimeront, pour des motifs fondés, qu'il peut lui être utile.

Alors que les amoureux ne peuvent rester séparés sans souffrir, les amis sont assurés de leur affection mutuelle et peuvent espacer leurs rencontres sans que l'amitié s'en ressente. Le jour où ils se revoient, ils reprennent la conversation où ils l'avaient laissée, comme si le temps n'était pas passé.

Les amis se considèrent toujours comme des égaux,

même si l'un est plus riche et l'autre plus pauvre, même s'ils ont des fonctions et des responsabilités différentes. Parce qu'ils mettent leur valeur sociale entre parenthèses pour s'entretenir sur un pied d'égalité absolue.

L'amitié, ainsi, peut exister entre deux inégaux, à condition qu'ils n'insistent jamais sur leur inégalité, notamment lorsqu'il s'agit de cadeaux ou de services rendus. Le riche ne devra pas faire de cadeaux somptueux, afin de ne pas créer une obligation de retour. Le pauvre ne devra jamais demander d'argent, pour ne pas se placer dans une situation de dépendance. En cas de nécessité, bien sûr, ils s'aideront, mais ils le feront de manière aussi insouciante que possible, sans y attacher d'importance. La règle est de ne jamais dépendre de l'autre, de ne jamais créer de dettes de reconnaissance.

Dans cette relation d'égal à égal entre individus de même valeur et de même dignité, l'envie est le plus souvent absente. Et lorsqu'elle apparaît, on se hâte de la chasser.

L'envie naît quand je désire les biens, le pouvoir, le prestige de l'autre. Quand je rêve d'être à sa place, de me substituer à lui pour ce qu'il possède ou pour ce qu'il est. Mais sans le connaître. Sans pénétrer dans ses désirs, dans ses problèmes, dans ses angoisses, dans ses sentiments.

L'ami fait exactement le contraire. Il pénètre, avec discrétion, dans l'âme de son ami. Il le connaît, perçoit ses désirs, ses craintes, ses espérances, et ne se préoccupe que de son bien. Il ne confond pas ses propres désirs avec ceux de l'ami, il ne désire pas ce que l'autre désire.

L'envieux, obsédé par l'objet de son envie, adhère à lui, se colle à lui. L'ami, au contraire, se différencie de l'ami, tient à rester une personne distincte, et veut que l'ami lui-même conserve sa différence.

Faut-il en conclure qu'entre amis, il n'y a jamais d'envie ? Certainement pas. Parce qu'ils se considèrent comme des égaux et font tout pour le rester, précisément, les amis sont extrêmement sensibles aux changements qui peuvent se manifester entre eux. Si l'un des deux progresse, s'enrichit, s'il fait l'objet d'une promotion ou s'achète une belle maison, l'ami perçoit la différence et peut ressentir une morsure d'envie.

L'amitié, toutefois, survivra s'il sait comment la neutraliser promptement. Comme nous venons de le voir : au lieu de se concentrer sur l'objet, sur le résultat, comme le fait l'envieux, il se concentrera sur le besoin de son ami, sur son état d'âme, il s'efforcera de partager sa joie. Il s'identifiera à lui, regardera les choses de son point de vue.

Mais il ne se confondra pas avec lui. Il a un bref instant, sous la morsure de l'envie, rêvé d'avoir une maison aussi belle, la même maison ; mais l'instant d'après, il restitue ce désir, il le sépare de lui-même. Il est content que cette maison soit pour son ami. C'est à l'ami que ce plaisir, cette maison, ce désir appartiennent. Il a, lui, sa propre maison, ses propres sentiments, ses propres désirs bien distincts de ceux de l'autre.

Les amis sont comme deux seigneurs, deux souverains, chacun avec ses terres, ses châteaux, ses vassaux, dont chacun est fier et qu'il ne voudrait pas échanger avec ceux de l'autre.

Ce processus de *restitution du désir* et de différenciation n'est possible, cependant, que si le « dépassement » n'est pas trop grand, quand il ne menace pas, de façon irrémédiable, la dignité de l'un ou de l'autre.

Pirandello, dans l'un de ses récits, nous montre comment une amitié profonde et apparemment indestructible peut entrer en crise. Deux paysans sont associés depuis onze ans. Chacun se fie totalement à l'autre. Ils n'ont pas de secrets l'un pour l'autre, partagent toutes leurs joies et tous leurs soucis. Ils sont égaux en tout et pour tout. Mariés tous les deux, ils ont eu chacun de nombreux enfants. Puis la femme de l'un meurt en couches. L'homme reste seul avec une nichée de bambins éplorés. Son ami cherche par tous les moyens à l'aider, à le consoler. Son épouse se met en quatre pour secourir les orphelins. Mais le veuf reste muet, impénétrable. Après trois jours de silence, il ordonne à ses fils de l'aider à charger tous leurs biens sur une charrette, et s'en va. À l'ami qui cherche à le retenir, il répond que c'est inutile, qu'il ne peut rester là. Désormais veuf, avec cinq enfants à charge, il ne sera plus jamais le même homme. Il risque d'avoir en permanence besoin de l'autre, comme un mendiant.

Il ne peut rester, parce que le bonheur de son ami deviendrait la mesure de son propre malheur. Il serait contraint, à son corps défendant, de se comparer à lui, de sans cesse réclamer son aide, et chaque fois, cette comparaison le laisserait diminué, plein de pitié pour lui-même, de rancœur peut-être, voire d'envie. Il préfère éviter la comparaison, rompre avec le passé, oublier.

Envie par personne interposée

Nous pouvons éprouver de l'envie à la place de quelqu'un que nous aimons. La mère qui veut le bonheur de son fils, qui suit anxieusement ses études, éprouve de l'envie pour celui de ses camarades qui reçoit une bonne note. Elle l'envie comme si elle était elle-même à la place de son fils. Et ceci, même quand le garçon n'est pas envieux de son côté, quand il n'y pense même pas.

Tous les types d'amour ne sont pas susceptibles d'aboutir à cette expérience de l'envie « à la place de l'autre ». Pour qu'elle ait lieu, il faut une identification amoureuse très intense, dans laquelle l'aimé devient plus important que moi-même, prend ma place dans les rapports avec le monde, me représente, agit pour moi comme par procuration.

C'est ce qui se passe habituellement dans les relations parents-enfants. Les parents reportent sur leur progéniture leur propre désir de réussite, leurs propres espérances. Ils les leur confient.

Mais l'envie par personne interposée peut aussi se manifester dans le cas contraire, quand nous percevons et faisons nôtre le désir de l'être aimé. Nombre de femmes profondément éprises de leur mari vivent sa réussite par procuration, et se montrent envieuses envers ses collègues et ses concurrents. Parfois, ce sont les hommes qui épousent le triomphe de leur épouse. Je me souviens d'un metteur en scène follement amoureux de sa femme, actrice en renom et d'une grande beauté, mais qui dut lutter longtemps pour s'imposer. Les rôles qui lui auraient le mieux convenu étaient souvent offerts à d'autres comédiennes moins talentueuses qu'elle, et il lui arrivait d'être durement traitée par la critique. Il en souffrait. Il lisait les articles dans les journaux, tenait un décompte des entrées dans les théâtres où se produisaient les rivales et regardait avec envie celles qui faisaient de l'ombre à sa femme.

Elle aussi, naturellement, voulait réussir, mais elle était infiniment moins anxieuse que lui de sa carrière, dont elle accueillait les avatars avec optimisme, et une certaine insouciance. Et elle devait cette sérénité, sans doute, au fait d'être constamment épaulée, aidée par son mari.

L'envie par personne interposée est le symptôme d'un amour ancien, profond, enraciné, d'un authentique dévouement à l'autre, cet autre étant vécu comme la meilleure partie, la plus vivante, la plus riche de possibilités du Moi. C'est pourquoi on ne trouve pas ce type d'envie dans les cas où l'amour, aussi intense soit-il, n'est pas encore stabilisé — comme dans l'amour naissant.

À ce stade, deux individus s'aiment mais, en même temps, combattent encore leur passion, et chacun s'efforce encore de changer l'autre. Leur relation est faite de violents rapprochements et de soudaines prises de distance, de profondes identifications alternant avec des tentatives pour se différencier. Si l'un des deux se trouve en difficulté, l'autre, en général, lui vient en aide, prêt à se battre courageusement pour lui. Mais il arrive, aussi, qu'il le regarde comme un étranger, curieux de voir de quoi il est capable. C'est un amour qui adore, soupire, applaudit, mais peut aussi épier, juger, condamner. Il se réjouit de la réussite de l'autre mais peut aussi, par moments, prendre plaisir à sa déconfiture. Il peut connaître l'envie par procuration, mais ce n'est certes pas la règle.

Dans l'amitié, la relation est plus stable, consolidée. Et pourtant, là aussi, l'envie par procuration, bien que rare, peut se manifester. Les amis présentent des individualités distinctes qui se respectent. Ils sont l'un et l'autre souverain. Si l'un d'eux est injustement traité, l'autre prend sa défense, lui rend justice. Chacun, habituellement, se réjouit des succès de l'autre, dont il se sent lui-même enrichi. Et, à l'inverse, il souffrira des mésaventures de son ami, de ses échecs qu'il ressentira comme s'ils étaient les siens. Mais il ressentira rarement de l'envie à sa place. Parce qu'il ne s'identifie pas à lui. Il ne lui attribue pas ses propres désirs.

Avant de conclure, examinons un autre cas. Celui dans lequel nous nous sommes identifiés à une star, à une idole, à un champion sportif sur lequel nous projetons la meilleure partie de nous-mêmes et dont nous attendons, en quelque sorte, notre rédemption. C'est ce qui se passe vis-à-vis du chef charismatique qui représente tous les membres d'un groupe. Si ce héros est vainqueur, nous le sommes avec lui, et s'il perd, nous perdons aussi. Chacun de ses triomphes est notre triomphe, chacune de ses défaites ou de ses humiliations est vécue comme si elle était la nôtre.

La question est : pouvons-nous ressentir de l'envie à sa place ? Les Napolitains, à l'époque où ils avaient fait de Maradona leur idole, pouvaient-ils être envieux de celui qui ferait mieux que Maradona ? Maradona lui-même, certes, pouvait l'être. Face au triomphe d'un concurrent, il pouvait se sentir diminué, honteux, anéanti, et vouloir l'éliminer de la surface de la terre. Le supporter fanatique peut, lui aussi, éprouver ce désir meurtrier à l'égard de l'adversaire de son champion. Il a pris parti pour Maradona, il veut que Maradona reste à jamais le numéro un, et si apparaît un autre champion capable de le battre, il s'inquiète, et éprouve de l'envie. Cette envie, toutefois, est plus fragile, évanescente. Le supporter souffre, mais il souffre pour son équipe, il souffre parce que le déclin de Maradona annonce le déclin de son équipe. Maradona n'est pas une fin en soi, mais un moyen, le moyen d'assurer le succès de l'équipe.

Dans le cas des rapports parents-enfants, comme dans celui des rapports entre mari et femme, lorsque apparaît une personne susceptible de surpasser d'une manière ou d'une autre l'objet de leur amour, et si la comparaison révèle de façon durable l'infériorité de la personne aimée, l'attachement ne faiblit pas pour autant, et l'envie ne diminue pas. Dans le cas de l'équipe de football, par contre, si le champion est surpassé par un autre, s'il ne se montre pas à la hauteur, l'attachement qu'on a pour lui va diminuer. Un champion est fait pour vaincre. S'il perd, il cesse d'être un champion, et on l'abandonne.

23

Les symptômes de l'envie

Nous sommes tous des envieux, ou nous l'avons tous été à certains moments de notre vie, et plus ou moins selon les moments. Avec, aussi, des périodes pendant lesquelles nous avons totalement ignoré l'envie, jusqu'à en oublier l'existence. Et il a pu également nous arriver de connaître, à d'autres moments, une sorte d'intoxication envieuse. Il ne s'agissait pas, alors, d'une envie éprouvée pour quelqu'un, mais d'une envie diffuse, à l'égard de ceux pour qui tout semblait aller bien, tous ceux qui nous surpassaient par leur réussite.

Nous avons toujours décrit l'envie comme un fait ponctuel, dirigé vers un objet bien défini. Mais, du point de vue psychologique, l'envie est aussi une manière de regarder les autres, un trait de caractère. L'envieux, souvent, ne se borne pas à observer d'un œil torve son collègue de travail ; il regarde aussi, et du même œil, son voisin, son compagnon de vacances, celui qui l'accueille dans sa nouvelle villa, l'heureux gagnant de la loterie. On pourrait tracer un profil de la personnalité envieuse, la décrire comme un type psychologique en soi.

Sans aller jusque-là, cherchons à illustrer quelques symptômes de la présence de l'envie quand elle domine la personnalité, quand elle la marque de son empreinte dans sa façon d'être, de penser.

L'envie, même muette, même dissimulée, s'aperçoit à travers son « travail ». Elle laisse des traces et, quand elle s'intériorise et devient chronique comme une maladie, produit de véritables symptômes. Essayons de les inventorier, même rapidement, de manière à savoir les reconnaître chez les autres et — pourquoi pas ? — chez nous-mêmes.

La médisance

C'est le plus manifeste et le plus connu des symptômes de l'envie. L'envieux cherche à dévaloriser l'autre aux yeux du plus grand nombre de gens possible, et plus particulièrement des plus influents. Certaines personnes ont, à l'évidence, un vrai penchant pour la médisance. Dès qu'elles font la connaissance de quelqu'un, elles lui trouvent des défauts. Leur regard traque les faiblesses, les limites de l'autre, et elles éprouvent le besoin de les mettre en évidence, de les rendre publiques, de provoquer chez autrui des commentaires malveillants. Ces personnes-là font leur miel des plus insignifiantes informations sur la vie privée de tel ou tel, sur ses affaires, en prennent note mentalement et parviennent tôt ou tard, au détour d'une conversation, à les remettre en circulation. Surtout s'il s'agit de personnages importants, estimés, appréciés de tous : elles ne peuvent résister à la tentation de les rabaisser, de les discréditer.

Elles le font parfois en leur présence, en posant des questions déplacées, en lançant des insinuations destinées à mettre la victime dans l'embarras. Mais le plus souvent, elles entrent en action pendant que celle-ci est engagée dans une conversation ou vient tout juste de tourner le dos. Alors, parfois d'un simple mot, voire d'un geste, elles provoquent ce qu'on pourrait appeler le déchaînement des commérages. La médisance est contagieuse. Une fois qu'elle est lancée, il se trouve toujours quelqu'un pour s'y associer, pour renchérir, et on assiste ainsi à une réaction en chaîne que notre premier médisant alimente avec habileté tandis que la victime est méthodiquement mise en pièce, moquée, conspuée.

Mais seul un observateur très attentif pourra repérer la personne qui a déclenché la curée et fait en sorte qu'elle se poursuive jusqu'à son terme. Les gens, le plus souvent, ne se rendent pas compte qu'ils sont manipulés. On se souvient du moment où « nous nous sommes tous mis à cancaner », sans comprendre qu'on l'a fait pour obéir à une volonté adroite et occulte.

L'envie s'avance masquée. Elle sait trouver, pour déclencher la médisance, des trésors d'habileté. Celui qui s'y emploie limite souvent son intervention à une ou deux réflexions drolatiques par lesquelles il coupe court à toute velléité de dire du bien de l'absent. Il pourra même prendre la défense de celui-ci, mais une défense catastrophique, qui ne peut que l'enfoncer un peu plus. Il sera, ainsi, considéré comme un homme brillant et plein d'esprit, qui se rit du monde et de ses bassesses. Et nul ne s'apercevra que, avec cette technique, il parvient à tourner en dérision celui qui lui fait de l'ombre, celui qui tente de s'élever au-dessus des autres.

Quelques grands maîtres en la matière sont parvenus à faire de la médisance une profession. On se souvient d'Elsa Maxwell, baptisée « la commère d'Hollywood », qui, aidée par son extraordinaire réseau d'espions, tenait une rubrique « mondaine » dans laquelle elle donnait libre cours à son envie de femme grosse et laide, offrant du même coup un exutoire à toutes les envies féroces de la capitale mondiale du spectacle. Un personnage puissant et redouté.

Mais on trouve dans tous les pays des journalistes pour tenir ce rôle. Des langues et des plumes chargées de venin pour le plus grand plaisir des envieux de toutes catégories.

Aucun de ces personnages, bien entendu, n'admettra jamais qu'il est un envieux, et il en est de même pour tous ceux qui font leurs délices de ces médisances. Ils ont pour justification, et pour bouclier, l'objectivité journalistique, le devoir d'informer, une sorte de mission humanitaire auprès des lecteurs qui doivent absolument être alertés sur les vilenies commises par les puissants.

La satire s'appuie sur une justification analogue. Elle participe généralement du combat politique, en tant qu'instrument d'agression et de dévalorisation des adversaires. C'est ainsi, plutôt que de l'envie, de la haine qui se déguise. Mais il arrive souvent, aussi, que la satire politique devienne à son tour un alibi destiné à masquer le dénigrement envieux.

Disons donc que chaque fois qu'on voit ou qu'on entend quelqu'un médire de ses concitoyens, ou se moquer d'eux, sans jamais se critiquer lui-même, il s'agit très probablement d'un envieux. Méfiez-vous donc, surtout si cette personne vous semble un être supérieur, un journaliste de renom, un homme politique célèbre, un intellectuel de grande réputation. Ne vous laissez pas impressionner par son prestige, par les éloges qu'on lui décerne. Le monde est peuplé d'envieux qui se reconnaîtront dans ses façons, et seront trop heureux de faire méchanceté commune avec lui. Les envieux sont ses *fans*, sa clientèle, son armée silencieuse.

Le justicier

Même dans la société la plus juste et la mieux réglée, la vie reste une chose qui se soustrait à la justice. L'un naît parmi les grands, l'autre parmi les humbles, l'un est fort et l'autre faible, l'un sera naturellement intelligent et l'autre débile, l'un débordant de santé et l'autre maladif. L'infinité des différences individuelles et des circonstances de la vie sociale, les impondérables auxquels nous sommes soumis font que chacun d'entre nous reçoit une part différente de joie, de bonheur, de gloire, d'amour, de tout ce que peuvent désirer les êtres humains. Ainsi chacun, en voyant celui qui lui semble supérieur, peut-il se demander « Pourquoi lui, et pas moi ? » sans trouver de réponse à sa question.

Les Grecs, qui s'étaient efforcés de faire échec à l'envie en institutionnalisant la compétition dans tous les domaines jusqu'à identifier la morale avec l'*arete*, l'excellence, s'étaient tout de même inclinés devant cette suprême inégalité, devant cet incompréhensible système de différences et lui avaient donné le nom de *moira*, le destin. Une zone de l'existence située au-delà de la morale et de la compréhension, au-delà de la justice et de la raison. Il n'était pas question de demander quoi que ce soit à la *moira* : on ne peut que subir le destin.

S'agissant de cette zone obscure, les questions sur le mérite perdent leur sens. La compétition suppose, déjà, que l'homme ne s'y donne pas seul, mais qu'il ait reçu quelque chose de la vie : on couronne le plus fort, le plus adroit, le plus intelligent, le plus créatif, le plus original. Mais le plus fort a-t-il l'entier mérite de sa force ? La tient-il de lui seul ? En partie, certes, puisqu'il a développé ses muscles, s'est entraîné avec ardeur. Mais s'il était tombé malade, il n'aurait pu le faire. Et le génial musicien, est-ce bien à lui que revient le mérite de sa créativité ? Il l'a développée, certes, il l'a cultivée, mais quelque chose, au départ, lui avait été donné. D'autres qualités dépendent de l'éducation donnée par les parents, de l'aide apportée par les amis, ou du simple hasard. Dans la plus honnête des compétitions, dans le plus juste des concours, dans la plus équitable des distributions subsiste toujours cette part obscure qui va au-delà du mérite et du démérite. Ce qui ne relève du mérite de personne, ce sur quoi il n'est pas possible de réclamer justice.

L'envie, question privée de réponse, travail sans résultat, double malédiction, nous fait sentir cette incommensurable injustice du monde et se dresse contre elle comme une protestation. C'est ce qu'a magnifiquement exprimé Milos Forman, le metteur en scène d'*Amadeus* dans la scène où Salieri accuse Dieu d'avoir donné à Mozart le don de la musique et jette le crucifix dans les flammes. Après quoi il le défie en déclarant qu'il détruira sa créature, qu'il tuera son rival.

Une protestation, mais aussi une profonde, une passive acceptation. Car l'individu, écrasé par cette injustice, en prend son parti. Toujours dans *Amadeus*, Salieri, réagissant à l'injustice divine dont il estime être la victime, se met en colère contre un innocent, ajoutant ainsi au malaise universel.

L'envieux, pour lutter contre l'injustice universelle, attaque et rabaisse le plus chanceux, le plus doué, le plus heureux, celui qui a reçu le plus. Au nom de la justice, il se transforme en destructeur de tout ce qui émerge, de tout ce qui manifeste quelque valeur. Ce faisant, il ne réduit pas la zone obscure de l'être mais il la dilate et s'y plonge, ivre de vengeance. C'est ce que Nietzsche a fort bien compris, et décrit : « Nous sommes les seuls bons, les seuls justes, disent-ils, nous sommes les seuls *homines bonae voluntatis*. Ils passent parmi nous comme de vivants reproches, comme s'ils voulaient nous servir d'avertissement — comme si la santé, la robustesse, la fierté, le sentiment de la puissance étaient simplement des vices qu'il nous faudrait expier, amèrement expier : car au fond, ils sont eux-mêmes prêts à faire expier, ils ont soif de jouer un rôle de bourreaux ! Parmi eux, il y a quantité de vindicatifs déguisés en juges, ayant toujours à la bouche, une bouche aux lèvres pincées, de la bave empoisonnée qu'ils appellent "justice" et qu'ils sont toujours prêts à lancer sur tout ce qui n'a pas l'air mécontent, sur tout ce qui, d'un cœur léger, suit son chemin[1]. »

Le pessimiste

L'optimisme et le pessimisme, à première vue, peuvent passer pour deux qualités équivalentes, avec des avantages et des inconvénients symétriques. L'optimiste est plus rapide, plus tourné vers l'action. Mais il a aussi tendance à sous-estimer les risques et à se lancer dans des entreprises périlleuses. Le pessimiste, au contraire, pèche par excès de prudence et finit par laisser passer les bonnes occasions. L'idéal, en somme, serait dans une alliance harmonieuse d'optimisme et de pessimisme.

En réalité, optimisme et pessimisme ne sont pas seulement deux attitudes face aux difficultés et devant l'avenir. Ce sont aussi deux manières différentes de se mettre en rapport avec soi-même et avec les autres.

Le pessimiste n'a pas seulement une vision négative du futur. Il a aussi une vision négative des hommes. Il n'en attend pas grand-chose. Quand il les observe, il voit en eux ce qu'il y a de moins bien, les motivations les plus égoïstes, les moins désintéressées. Aux yeux du pessimiste, la société est faite de gens mesquins, corrompus, intrinsèquement méchants, toujours prêts à exploiter les situations à leur avantage. Des gens qui ne méritent ni notre aide, ni notre confiance.

Si vous lui faites part d'un quelconque projet, il se hâtera de vous en montrer toutes les difficultés. Et il vous fera comprendre que si d'aventure vous réalisez votre objectif, vous n'en retirerez qu'amertume, humiliations et désillusions. Et il aura tôt fait de saper votre confiance et vos énergies.

Le pessimiste a un formidable pouvoir de contagion. Votre chemin croise le sien et, en moins de temps qu'il n'en faut pour le dire, il vous transmet tout ce qu'il y a en lui de passif et de négatif. Il y parvient en exploitant certaines tendances, présentes en chacun de nous, et qui ne demandent qu'à être réveillées.

La première de ces tendances, c'est notre crainte de l'avenir. La seconde est notre paresse naturelle, notre désir profond de rester immobiles, à l'abri dans notre cocon. Le pessimiste, en fait, est un authentique paresseux. Il refuse tout effort pour s'adapter à la nouveauté. C'est un être d'habitudes. Des rites minutieux organisent son quotidien : le réveil, les repas, les week-ends.

Le plus souvent, le pessimiste est aussi un avare. Pourquoi se montrerait-il généreux, quand le monde n'est peuplé que d'êtres cupides, corrompus, profiteurs ? Mais surtout, c'est un envieux. Essayez de le faire parler, et vous verrez qu'il se vante de ce qu'il a fait par le passé. Et ajoute qu'il aurait pu faire mieux encore, si la corruption ne régnait pas sur le monde, si on ne lui avait pas préféré des gens sans valeur ni mérite.

Le critique

Les plus envieux des envieux, en général, ne s'engagent pas, ne se dépensent pas, ne se prodiguent pas. Ils préfèrent regarder ceux qui agissent, en observateurs froids, détachés. Ils ont l'air intéressés, et objectifs. Mais il n'en est rien. Ils ne sont attentifs qu'à une chose : trouver le défaut, le point faible de celui qu'ils observent, découvrir les fautes éventuelles. Puis, au moment le plus délicat, le moins opportun, ils laissent fuser leurs critiques, leurs objections, les remarques négatives propres à dévaloriser le travail accompli.

La victime, au lieu de les envoyer au diable, est touchée, troublée. Elle tente de se justifier, cherche à expliquer les raisons de son travail. Se met en quatre pour faire comprendre à l'autre le bien-fondé de ses intentions. On l'écoute d'un air froid et indifférent. À ses affirmations, on répond par des doutes ; à ses tentatives de justification, par des boutades. Ces envieux-là n'ont d'autre but que d'éreinter l'autre, de lui prouver qu'il ne vaut rien, de semer le doute en lui, tout en apparaissant à ses yeux comme des juges autorisés.

On est stupéfait de l'autorité et du pouvoir que de tels individus sont capables d'acquérir par leur seul talent à susciter des obstacles, à soulever des objections, à dire non. Ils y parviennent dans la mesure où nous avons tous peine à imaginer que quelqu'un puisse faire semblant de nous écouter, semblant de nous observer alors qu'il a, en réalité, déjà décidé de nous contrer, de nous empêcher d'agir, dans le seul but d'assurer son ascendant sur nous, de nous placer sous sa dépendance.

Et pourtant, nous avons tous rencontré de ces bureaucrates qui, pour montrer leur pouvoir, tourmentent les malheureux ayant recours à leurs services. Nous connaissons tous des gens qui, sous prétexte qu'ils portent un uniforme, se laissent aller à des abus de pouvoir et multiplient les brimades au lieu de servir l'intérêt général. Mais il existe aussi des super-critiques sans uniforme, et même sans pouvoir officiel. Leur pouvoir, ils le forgent en faisant obstacle aux autres et en les contraignant à s'occuper d'eux.

Il y a dans la nature pour chaque prédateur une proie, pour chaque parasite un tueur de parasites.

Qui sont les victimes favorites de ces parasites envieux ? Les gens actifs, enthousiastes, pleins de projets. Nul ne peut accomplir seul quelque chose d'important. Il faut à chacun des collaborateurs, des financements, des conseils, des amis qui croient en lui. C'est pourquoi les gens entreprenants parlent de leurs idées, recherchent l'assentiment de leur entourage. Et tombent entre les mains des super-critiques qui font mine de les écouter mais finissent toujours par dire non. Ils se donnent alors beaucoup de mal pour expliquer, pour convaincre, espérant toujours trouver l'argument qui balaiera les objections qu'on ne cesse de leur opposer. Et ils ne comprennent pas que c'est impossible, parce que l'autre n'envisage pas une seconde de se laisser convaincre et veut seulement les voir patauger, se lasser, échouer.

Il existe une méthode infaillible pour repérer ces super-critiques. Essayez donc de les faire parler de gens universellement estimés et appréciés. Saint François d'Assises, par exemple, ou Albert Schweitzer. Vous constaterez que même à ceux-là ils trouvent des défauts. Qu'ils nourrissent des doutes sur la pureté de leurs intentions ; qu'ils ne les croient pas réellement capables d'actions généreuses et désintéressées ; que là encore, ils cherchent le motif mesquin, vil, sordide. Disons, pour nous résumer, qu'ils veulent rabaisser tout le monde à leur niveau. Qu'ils sont ainsi des envieux.

Dans toute société, nombre de gens estimés, appréciés, révérés, appartiennent à ce type humain. Ce devait être le cas des grands inquisiteurs, qui cherchaient partout la trace du démon. Et il en est ainsi d'un certain nombre de journalistes à la plume trempée dans le fiel, critiques féroces, magistrats inflexibles et autres dirigeants pleins de morgue.

Celui qui apporte de mauvaises nouvelles

Certains envieux se déchargent de leur agressivité en donnant systématiquement de mauvaises nouvelles. Et ils vous les assènent au pire moment, au moment où vous n'y pouvez rien. La sagesse populaire s'est toujours méfiée de ces gens-là. Elle les appelle les prophètes de malheur. Nous, qui nous croyons plus sages et plus rationnels, nous contentons de hausser les épaules, et il nous arrive même de leur être reconnaissants parce qu'ils se font du souci pour nous et qu'ils ont l'air objectifs, francs, sincères. Ce en quoi nous nous trompons, car le colporteur de mauvaises nouvelles poursuit un but fondamentalement mauvais.

Quand un ami arrive avec des nouvelles pénibles, il agit avec un maximum de prudence. Il attend le moment qui lui semble le plus propice. Il ne me téléphone pas au milieu de la nuit, il ne se met pas à parler à l'instant où je pénètre dans une salle d'examen. L'entraîneur se gardera bien de donner une mauvaise nouvelle à son champion alors que celui-ci pénètre sur le stade pour disputer une épreuve. Le directeur de troupe attendra la fin du spectacle pour parler à son comédien. Nous nous efforçons, autant qu'il est possible, d'épargner la souffrance à ceux que nous aimons, et de ne pas perturber ceux qui ont besoin de sérénité.

Le colporteur de mauvaises nouvelles, lui, ne sait pas tenir sa langue. Du plus loin qu'il vous aperçoit, il lâche l'information qui va vous bouleverser. S'il est intime avec vous, il n'hésite pas à vous appeler en pleine nuit. Ou bien, il vous annonce la chose au réveil, et vous gâche votre journée. Et s'il vous sent ému et désireux d'en savoir plus, alors il se hâte d'ajouter des détails choisis parmi les plus horribles, avec des silences et des mimiques lourds de sous-entendus qui vous font présumer que le pire n'est pas dit. Et vous vous laissez piéger par l'intérêt qu'il vous témoigne, que vous prenez pour de la sollicitude, et par son excitation, que vous prenez pour une émotion sincère à votre endroit.

Mais le colporteur de mauvaises nouvelles, en réalité, se repaît de votre surprise douloureuse, de votre embarras, de votre angoisse. Il appartient au même type humain que ces esprits charitables qui se font un plaisir de vous rapporter les méchancetés que d'autres disent sur vous. Nous avons tous de ces «amis» toujours prêts à nous informer qu'Untel nous a traité d'incapable, tel autre de bon à rien. Le tout avec un tel luxe de détails, en répétant si scrupuleusement les paroles entendues qu'on finit par se dire, à les entendre, qu'ils doivent être du même avis.

Ce qui est vrai. Ces gens-là ne font que répéter ce qu'ils n'osent pas dire eux-mêmes. Ils étaient d'accord avec celui qu'ils ont entendu parler ainsi. Un ami, un véritable ami aurait pris votre défense, se serait indigné. Eux, non. Ils sont restés muets. Et, par là même, ils ont avalisé ce qui se disait en leur présence, ils se sont rangés dans le camp des détracteurs.

Celui qui apporte une mauvaise nouvelle, ou qui rapporte des propos malveillants, tient sa victime à sa merci au moment où il la blesse. Il met toute son adresse à lui paraître plein de sollicitude, s'intéresse à son infortune, et se montre carrément indispensable : la personne qui reçoit une mauvaise nouvelle a besoin d'informations, d'aide, de conseils. Et elle sera tentée de se raccrocher à celle qui est le mieux informée, plus proche, et semble touchée par ses problèmes. Le colporteur de mauvaises nouvelles peut ainsi apparaître comme un allié, un sauveur. Alors que, au contraire, il profite de la situation pour accroître la dépendance de l'autre, et son inquiétude. On voit ainsi des gens se laisser complètement phagocyter. Comme ces patients hypocondriaques devenus esclaves de praticiens malhonnêtes qui cultivent leurs angoisses.

Le colporteur de mauvaises nouvelles est, au fond de lui, un pessimiste, un sceptique qui ne croit ni à la bonté ni à la bonne foi. Où que son regard se porte, il ne voit que manipulations, intrigues, visées malhonnêtes. Quand il s'approche pour vous glisser à l'oreille ses histoires de catastrophes ou de méchanceté, il épanche sur vous sa rancœur envieuse parce qu'il vous voit heureux, chanceux. Il veut vous rabaisser à son propre niveau.

L'apitoiement sur soi-même

L'envie ne s'exprime pas seulement à travers l'agressivité, la prétention à sauver les autres, mais aussi, de façon contraire, par la lamentation, l'apitoiement sur soi-même. En principe, quand nous entendons quelqu'un pleurer, se plaindre, parler de ses angoisses, de la malchance qui l'a empêché de réussir, nous ne pensons pas à l'envie. Nous compatissons à sa peine, et nous le plaignons à notre tour de n'avoir pu atteindre tout ce que la vie lui avait promis.

Mieux vaudrait nous mettre à sa place, nous immiscer plus profondément en lui pour voir le monde comme il le voit. Car s'il s'apitoie ainsi sur lui-même, c'est parce que ce monde est à ses yeux, comme pour les types humains que nous venons de passer en revue, un lieu où le mérite n'est jamais reconnu. Où le succès, la richesse, le bonheur même, ne sont que le produit du favoritisme et des privilèges. Celui qui s'apitoie sur lui-même est persuadé d'être injustement traité par une société se montrant, au contraire, beaucoup trop généreuse envers les autres.

Pour peu que vous ayez la patience d'écouter longuement l'un de ces habitués de l'auto-commisération, vous constaterez bientôt qu'il a, en vérité, une haute estime de lui-même. Vous le verrez s'animer en parlant de son passé, vanter son propre courage, son intelligence, sa générosité. Il vous parlera de ses exploits, il vous dira quel enfant précoce il fut, quel génial adolescent, quel soldat plein de bravoure, quel séducteur. Tout cela, avant que ne s'abattent sur lui le mauvais sort, la sombre méchanceté des hommes, l'incompréhension du monde.

Si vous avez la patience de les observer, vous verrez que ces professionnels de la lamentation sont, en réalité, profondément passifs. Ils n'agissent pas, ils regardent. Ils n'affrontent pas le monde, ils ne se battent pas, ils ne se dépensent pas. Ils voudraient que d'autres le fassent pour eux. Et faute de l'obtenir, ils se plaignent et les traitent d'égoïstes.

Si vous les invitez chez vous pour leur montrer ce que vous avez de plus précieux, vous verrez dans leurs yeux une lueur avide, cupide, vous y lirez leur convoitise et aussi leur haine car, pour eux, vous ne sauriez mériter ce que vous possédez — c'est à eux que tout cela aurait dû revenir ! On devrait vous le prendre, vous l'arracher des mains pour le leur donner. Et ce ne serait qu'une mince réparation au regard de la monstrueuse injustice qui leur a été faite !

En réalité, ces gens dévorés d'un désir impuissant ont renoncé à lutter, à se battre pour mériter la récompense. Ils restent immobiles, passifs, et se justifient en se persuadant que tout effort est inutile, puisque le monde est immoral. Tous ceux qu'ils aperçoivent, tous ceux qui ont réussi et possèdent ce qu'eux-mêmes désirent, sont la preuve évidente de cette injustice, de cette honteuse immoralité. Leur auto-commisération, leurs lamentations accusent : le monde est cruel, le monde est mauvais, car tu ne mérites rien de ce que tu as, on devrait te reprendre tout cela...

Les honneurs

Nous avons tendance à croire qu'un individu qui a réussi, qui s'est hissé au sommet de la hiérarchie sociale, ne doit plus avoir aucun motif d'envie. Mais c'est le contraire qui est vrai[2]. Il n'était pas envieux naguère, quand il luttait, quand il commençait à gagner. Il éprouvait alors un chaud sentiment de satisfaction, de plénitude. Il pensait que le monde tenait en réserve pour lui quelque chose qui méritait de se battre, et de prendre, même, le risque d'en sortir vaincu.

Mais une réussite quelle qu'elle soit, une fois atteinte, tend à s'évanouir. Le temps passe et les autres n'y pensent plus. Ce qui fait naître la joie en nous, c'est d'abord le fait de triompher, et qu'il nous faut, pour connaître à nouveau la réussite, trouver d'autres objectifs à atteindre. Sitôt franchie la ligne d'arrivée, il nous faut en regarder une autre plus éloignée. Notre moment est passé et un autre champion est apparu sur la scène, qui porte ombrage à notre gloire, à notre prestige, à notre fortune. Nous cherchons alors à consolider notre position, à la rendre imprenable pour ne plus dépendre de la reconnaissance des autres, de leurs humeurs et de leurs jugements.

L'entrepreneur cherche à entrer dans le conseil d'administration de sociétés de plus en plus importantes, à établir des liens et des alliances — par le mariage, au besoin — avec les familles les plus puissantes. Napoléon lui-même, après sa victoire, a voulu la consolider en s'alliant aux familles régnantes d'Europe. Il ne voulait pas être obligé de fournir sans cesse des preuves de sa capacité, il ne voulait pas être condamné à « toujours gagner ». Il aspirait à la légitimité sereine de l'empereur d'Autriche, qui restait lui-même quelles que soient les circonstances.

D'autres, pour atteindre cette sécurité, cherchent à écraser toute opposition au sein de leur parti, ou dans le système politique tout entier s'ils dirigent un pays. Le vainqueur se transforme, peu à peu, en un tyran qui voit d'un œil méfiant toute manifestation de désaccord et de liberté de pensée. Il s'acharne contre l'opposition, fait taire les critiques de ses amis, s'entoure de courtisans.

Le savant, l'artiste, l'écrivain se lancent, eux, dans la course aux prix, aux distinctions honoris causa, accumulent toutes sortes de reconnaissances pour se constituer un « patrimoine » d'honneurs. Ils cherchent ainsi à objectiver leur valeur en se dérobant au jugement des autres, à leurs opinions versatiles. Ils veulent que tous, absolument tous, s'inclinent devant leur talent.

Telle est la fonction des honneurs : soustraire celui qui les reçoit à la comparaison, aux aléas de la vie sociale ; lui faire une place dans ce Panthéon des valeurs incontestées où ne trônent que les grandes, les hautes figures de l'humanité comme Homère, Platon, Aristote, Dante, Mahomet ou Bouddha. Figures sacrées, divinisées.

Des gens qui se lancent à la poursuite de ces honneurs, on peut dire qu'ils sont des envieux. Je me souviens d'un chercheur qui avait reçu, et à juste titre, un prix Nobel. Nous devions, à l'occasion d'un séminaire, présenter notre *curriculum vitae*. La plupart d'entre nous se limitèrent à une petite page. Il aurait pu en écrire encore moins, lui qui était de loin le plus connu.

Quelle ne fut pas ma stupéfaction en découvrant qu'il avait noirci cinq grandes pages d'une écriture serrée, pour y faire figurer tous ses titres académiques, toutes ses communications dans les différents congrès auxquels il avait participé, tous les cours qu'il avait donné comme « visiting professor », toutes les décorations et médailles qu'il avait reçues, tous les lauriers honoris causa ! J'en eus le cœur serré ! Il avait donc besoin qu'on le reconnaisse, il dépendait de cette reconnaissance. À qui se comparait-il donc ? À tous ses collègues, aux grands ancêtres, et, peut-être, à ceux qui commençaient à émerger du lot ?

Ah, oui, cet homme était bien un envieux ! Terriblement envieux de tous ceux qui pouvaient égaler ou surpasser sa gloire ! Cette énumération était comme un rempart infranchissable, une muraille de Chine dressée pour le défendre des assauts de la concurrence. Il vivait comme Tibère dans son palais de Capri, ombrageux et méfiant envers le plus modeste de ses sujets.

Non, l'ascension sociale n'est pas un remède à l'envie, elle en est plutôt un facteur. Les hommes célèbres ne connaissaient pas l'envie lorsqu'ils étaient jeunes et qu'ils luttaient, qu'ils espéraient, qu'ils croyaient. Quand ils n'avaient rien à perdre. Mais celui qui a quelque chose à perdre, qui veut à tout prix conserver ce qu'il a obtenu, celui-là est un envieux. L'envieux est un proche parent de l'avare.

N'avez-vous jamais remarqué à quel point la plupart des gens riches, puissants, arrivés, sont mesquins ? Comme ils sont incapables de la moindre générosité ? C'est tout simplement parce qu'ils ne songent qu'à préserver leur propre gloire, leur propre patrimoine de richesse ou de notoriété. Il y a, certes, des exceptions. Mais la plupart sont méfiants, toujours sur la défensive. Le politicien connu regarde d'un œil soupçonneux le jeune homme plein de talent qui vient s'inscrire dans son parti. Instinctivement, il voit déjà en lui un rival. Et dès qu'il le peut, il s'efforce de le dévaloriser. On trouve la même attitude chez le romancier à succès, chez le musicien ou chez le philosophe célèbres. Ils jettent tout autour d'eux des regards inquiets et, s'ils aperçoivent un homme de grandes capacités, cherchent derechef à le détruire — avant qu'il ne leur fasse de l'ombre, qu'il ne menace leur gloire.

24

Quand l'envie disparaît

L'envie, nous l'avons plusieurs fois répété, apparaît quand le Moi se sépare de la collectivité, quand il s'oppose pour s'affirmer, affirmer sa valeur, son excellence, ses ambitions. On peut appeler cela du narcissisme, de l'orgueil ou de la prétention. En réalité, l'envie est surtout un état de solitude, de perte de contact, de racines et de sens. L'envieux tente de remplacer ces liens rompus par un acte d'agression, un acte de guerre individuel. Mais il agit en marge des valeurs et des règles de la société. Et, pour se donner l'illusion qu'il en fait toujours partie, et qu'il a son appui, il ment.

L'envieux est un exilé qui ment devant ses juges pour se faire ré-admettre, repêcher en quelque sorte. Mais comme il a son propre Moi pour juge, plus il ment, plus il se sent exclu.

Si l'envie est une déjection du social, elle disparaîtra quand le social aura repris possession de l'individu, l'aura réintégré dans le grand corps collectif. Son Moi desséché, aride, avide de valeur, s'en trouve soudain enrichi. Une énergie surabondante l'envahit. Dès lors qu'il se reconnaît dans des objets d'amour collectif, qu'il s'identifie à eux, qu'il ne combat plus pour lui-même mais pour une valeur qui l'englobe et le transcende, l'envie, comme par miracle, disparaît. Un beau matin, dans l'espace d'une nuit, ou d'une seconde à l'autre. À l'instant précis où nous nous oublions nous-mêmes, ou nous oublions notre Moi séparé des autres et où nous cessons de nous interroger sur sa valeur, sur l'estime qui lui est due.

La foule et la fête

La plus simple des situations d'immersion dans le collectif est celle d'une foule qui se rassemble pour manifester, ou pour assister à une compétition. Notre propos n'est pas de reconstruire la psychologie et la sociologie des foules, sur laquelle tant d'auteurs se sont penchés, de Le Bon à Moscovici[1]. Ce qui nous intéresse est la fusion rapide du Moi individuel dans une entité plus vaste, le moment où le cœur de l'individu se met à battre en syntonie avec tous les autres cœurs pour un objectif commun ou, comme c'est le cas dans un stade, s'identifie avec eux au joueur qui, à cet instant précis, court vers les buts adverses. Et cette foule nous intéresse avant tout pour ce qui s'y produit semaine après semaine à l'occasion des compétitions sportives. Des compétitions attendues et préparées par de longues discussions, prolongées par des commémorations, des critiques et des commentaires, jusqu'au prochain rassemblement dans le stade, à la prochaine immersion dans la puissance concrète, physique du collectif.

Le sport-spectacle n'est en rien révolutionnaire. Il offre une situation toujours identique, réglementée, codifiée. Mais il représente lui aussi une suspension de toutes les règles quotidiennes de classification, d'évaluation et de compétition interpersonnelle. Les spectateurs sont tous égaux, assis les uns à côté des autres ; ils se lèvent tous ensemble pour faire « la vague », s'étreignent, s'insultent, pleurent, rient, certains que nul ne prendra en compte leur comportement en vue d'une sanction sociale. Ils sont en congé de l'univers quotidien et de ses lois.

Aucune société ne peut vivre si elle ne parvient pas à abolir, périodiquement, les lois qui la régissent, si elle ne crée pas des espaces et des occasions pour les transgresser. Les sociologues français, de Durkheim à Mauss, Bataille, ou Caillois[2] ont bien vu cette nécessité de la dissipation, de l'infraction, de la mêlée, du désordre — même périodiques, même rituels — pour revitaliser les institutions. Sans ce défi, sans cette irrigation émotionnelle, sans cette recréation de la fusion collective, toute institution dépérit, se dessèche. J'ai expliqué cette mystérieuse propriété de toute société par une nécessité de renouvellement qui passe par la mort et la renaissance, l'identification et une nouvelle différenciation[3].

La fusion collective telle qu'elle se vit dans le stade constitue le premier degré de cette expérience, le plus inoffensif, le plus discipliné, puisque, la partie achevée, chacun revient à son état antérieur. Si on se place au niveau de deux individus, l'événement qui lui correspond n'est pas l'explosion imprévisible de l'état amoureux, mais l'acte sexuel, l'orgasme, dans lequel se fondent, un instant, deux corps et deux âmes qui se donnent du plaisir directement, sans médiation.

Degré minimum de la fusion collective, stade inoffensif, pure institution. Et pourtant fondamental pour le métabolisme psychique de l'individu qui, à travers la foule, se reconnecte sur sa matrice collective, oublie la douloureuse frontière de son Moi, sa douloureuse séparation du corps collectif et, du même coup, oublie l'envie.

Des expériences analogues, de ce point de vue, sont vécues dans les discothèques, dans les grands concerts de rock, dans les périodes de frénésie collective offertes par les vacances, quand les jeunes passent leurs nuits à courir d'une fête à l'autre, d'une discothèque à l'autre en se cherchant, en s'aimant, pour reprendre leur quête dès le matin suivant, le lendemain et ainsi de suite pendant des jours et des jours, jusqu'au moment où ils rentrent enfin chez eux, épuisés, en disant : « Comme je me suis bien amusé ! » C'est le gaspillage de Bataille, l'excès, l'« orgiasme » dont parle Maffesoli, le dionysiaque[4].

Le rite

Le rite, surtout sous la forme des grandes fêtes religieuses de l'Antiquité ou des populations primitives[5], constitue le second niveau de la fusion collective. Là aussi, l'individu s'oublie lui-même, se plonge dans le flux de la vie sociale, mais il y est pris et dépossédé de lui-même de façon beaucoup plus importante. Et pas seulement pour quelques heures ou quelques soirées. Ces fêtes ne se déroulent pas dans le milieu habituel, connu et rassurant. L'individu est projeté dans une autre dimension, la dimension sacrée, dans un autre espace et dans un autre temps, livré à des forces qui l'emportent et qui l'anéantissent, des forces terrifiantes et sublimes, devant lesquelles l'homme n'est plus rien, et qui cependant le fascinent et l'attirent dans une adoration respectueuse. C'est l'horrifiant, le *tremendum* dont parle Otto, et c'est aussi le *fascinans*, le *mirum*, ce qui vous soulève et vous emporte, ce qui vous révèle votre nature profonde, et vous sauve[6].

La grande fête antique est un rite qui peut durer des mois, une immersion totale dans cette réalité autre, dans laquelle le monde se dissout, disparaît et se recompose. La grande fête est toujours celle du Jour de l'An, mort et renaissance du monde, quand tout se revitalise parce que tout, précisément, est passé par l'indistinct de la mort, de l'indifférence, de la confusion, et que tout se recrée, cimenté par les puissances ordinatrices qui agitent le cosmos, pour redevenir beau comme au premier jour, au jour de la création.

La fête antique ne remet pas en cause l'ordre social, elle ne le subvertit pas, ne le révolutionne pas. Elle le dissout, pour le sauver, dans le creuset du sacré, d'où il ressortira renouvelé. Mais cette nécessité de dissolution et de renaissance annonce le grand thème des religions du salut, l'exode et le règne, la mort et la résurrection, la fin et le nouveau commencement du cosmos, le *shevirat hakeilim* et le *tikkun*, la restauration de l'unité ineffable du Dieu de la kabbalah[7].

Dans le rite religieux, la disparition de l'envie ne se limite pas à la durée du cérémonial. La solidarité collective se prolonge bien au-delà, elle imprègne de morale, de devoir moral, chaque instant de la vie quotidienne, elle se fait commandement, devoir, pratique de l'altruisme, de l'amour. À l'apogée de toutes les grandes religions, on trouve des institutions communautaires, cénobitiques, au sein desquelles se réalise un idéal de perfection éthique, de détachement du monde, des désirs, de l'égoïsme et, partant, de l'envie. Alors que la fête est une vacance de la vie quotidienne, une interruption, le rite et, plus généralement, l'institution religieuse, visent à perpétuer les propriétés régénérantes du rapport à l'absolu vécu comme le fondement de toute action, à faire de la cité terrestre la cité de Dieu.

Dans la réalité concrète, cependant, les institutions se

dessèchent, les rites perdent une grande partie de leur signification et la morale elle-même se vide de son contenu si ne surgissent pas régulièrement des mouvements capables de les renouveler.

La guerre

La guerre est le phénomène social qui produit la plus vaste et la plus rapide fusion collective, et donc la disparition de l'agressivité réciproque, des envies, en même temps qu'il fait naître un sentiment diffus et exaltant de fraternité collective. Dans la guerre, la solidarité de la tribu, de la cité, de la nation, se recomposent face à un ennemi qui apparaît comme la source et la cause de tous les maux. Ce processus d'aliénation de l'agressivité sur quelqu'un d'extérieur est une propriété de l'esprit humain. Pour Fornari[8], nous sommes toujours ambivalents à l'égard de nos objets d'amour et d'identification. Nous avons des motifs de rancœur, de plaintes et d'envie même contre nos enfants, nos parents, nos amis, contre notre parti, notre église, notre gouvernement, notre patrie. Cette ambivalence entraîne des doutes, de la souffrance. Dans la guerre, l'ambivalence disparaît grâce à un mécanisme de scission par lequel tous nos objets d'amour restent bons, immaculés, alors que toute l'agressivité, tout le mal nous viennent de l'ennemi.

Dès lors, plus l'ennemi nous apparaît cruel, plus les nôtres nous semblent bons, et injustes les persécutions qu'il leur fait subir. On voit ainsi disparaître tout ressentiment, tout antagonisme à leur égard. Une fusion collective s'opère; les individus oublient leurs soucis personnels et sont prêts à mourir pour cette entité collective à laquelle ils sont totalement identifiés, et qu'ils perçoivent comme le fondement et la raison même de leur propre existence[9].

La guerre est ainsi la fête par excellence, la fête suprême, le rite ultime, total, dans lequel la collectivité demande à ses membres de renoncer à tout, même à la vie. Elle a été, durant des millénaires, vécue comme l'apogée de la vie sociale, le moment le plus grand, le plus noble, le plus sacré de fondation de la solidarité collective. C'est pourquoi elle est toujours restée liée à la religion, conduite au nom du Dieu. Le «Dieu le veut» chrétien, la *Jihad* islamique, le *Gott mit uns* nazi ne font qu'exprimer, de manières différentes, mais tout aussi radicales, la même expérience d'identification à l'absolu.

Le mouvement

Pour l'immense majorité des sociologues, la guerre — ou l'un de ses équivalents : la lutte des classes, le combat politique, l'affrontement avec un adversaire — est l'unique situation qui voit se créer rapidement une solidarité collective. Contre cette idée, j'ai soutenu la thèse que la guerre, en réalité, n'est elle-même qu'une institution, une institution persécutive. Et qu'elle est ainsi capable de recimenter une entité sociale solidaire qui existait déjà, mais incapable de créer *ex novo* une entité sociale solidaire susceptible de durer. Cette propriété appartient aux seuls mouvements, grâce à l'*état naissant* dont ils surgissent.

La fête, le rite, la guerre produisent une modification temporaire de l'individu. Celui-ci s'oublie lui-même, se fond dans la collectivité, se met à son service mais, au terme du processus, redevient ce qu'il était. S'il doit y avoir un changement durable, il s'opérera lentement, par exemple dans le cas d'une longue guerre dont les hommes sortiront transformés parce qu'ils auront vécu une quantité d'expériences nouvelles et bouleversantes.

Dans l'état naissant du mouvement, au contraire, le changement s'opère d'entrée. L'individu entre dans le mouvement parce qu'il subit un changement intérieur violent, une authentique mort-renaissance. Le groupe à l'état naissant dérive de la rencontre de gens qui, à travers cette métamorphose, vivent une extraordinaire expérience intellectuelle et émotionnelle qui les amène à se reconnaître[10]. L'état naissant ne s'oppose pas à un ennemi, mais à l'existant, qu'il cherche à transformer pour le renouveler radicalement. Dans l'expérience de l'état naissant se constitue, ainsi, le modèle idéal d'une société dans laquelle il n'y a plus de haine, de rancœur, d'envie. Nous en avons déjà parlé à propos de l'égalité et du communisme. C'est dans l'état naissant des mouvements que l'humanité a rêvé d'extirper d'elle-même toute trace de méchanceté, d'accéder à un niveau plus élevé de perfection intellectuelle, esthétique et morale.

Le sentiment amoureux

Le plus simple des mouvements, celui dans lequel l'état naissant ne rassemble que deux personnes, est l'état amoureux. Nous en avons déjà parlé, et nous avons vu que l'envie lui est toujours et totalement étrangère.

Quand nous sommes amoureux, nous acquérons une extraordinaire capacité à voir, à entendre, à participer. Les couleurs sont plus vives, les musiques plus intenses, les sentiments plus vibrants, les visages que nous croisons plus intéressants, plus beaux. Toute la vie du monde, dans son infinie variété, nous attire, nous parle. Notre âme accueille chaque chose avec reconnaissance et admiration.

Nous prenons le temps d'écouter un vieillard raconter ses souvenirs, le visage d'un enfant nous fait fondre de tendresse, nous sommes soudain aptes à saisir l'ineffable beauté d'un brin d'herbe agité par le vent, des reflets dans une flaque d'eau. Nous sommes puissamment émus à la lecture d'un poème, nous comprenons le sens profond d'un conte. Nous sommes joyeux avec celui qui est joyeux, heureux avec celui qui est heureux, pleins de sollicitude envers celui qui souffre. Et nous ne nous soucions pas de nous-mêmes. Nous n'avons pas de craintes, nous accueillons les ennuis avec légèreté, nous nous montrons tolérants avec les gens mal élevés, et l'arrogance nous fait rire. Les insultes ne nous touchent pas, les obstacles ne nous effraient pas.

Nous accueillons tout ce qui se présente de beau et d'important. Nous sommes prêts à admirer la supériorité, l'excellence, sous quelque forme qu'elles se manifestent. Nous sommes ouverts, stupéfaits devant la beauté, l'intelligence, la créativité, et nous les saluons avec joie, avec reconnaissance. Nous nous réjouissons de toute conquête, de toute victoire, de toute performance. Nous aimons tout ce qui est élevé ou tend à s'élever, sans choisir, sans repousser, sans, surtout, le comparer à nous.

25

Surmonter l'envie

Dans les processus collectifs que nous venons de décrire, l'envie disparaît parce que nous oublions notre Moi et le problème de sa valeur. Nous ne nous comparons plus aux autres mais, avec eux, nous nous identifions à une entité qui nous transcende.

Ces forces collectives, toutefois, se présentent souvent sous une forme irrationnelle et violente, et échappent à notre volonté. Nous ne sommes pas libres de nous convertir à une foi religieuse ou politique, nous ne pouvons pas tomber amoureux sur commande. La plus grande partie de notre existence se passe en gestes quotidiens. Mais c'est justement là, dans le quotidien, quand rien ne se passe, quand rien ne nous projette hors de nous-mêmes, que nous avons besoin de savoir comment nous libérer de l'envie à l'aide de notre intelligence.

Disons tout de suite que, dans le domaine spirituel, il n'y a pas de recettes, de règles faciles. Méfions-nous surtout des manuels et des bons conseils. La seule voie possible est celle de l'observation et de la réflexion sur nous-mêmes, avec les outils intellectuels dont nous avons acquis la maîtrise.

Ce livre pourrait donc s'achever ici. À chacun de tirer

parti, au mieux, des moyens dont il dispose et de ce qu'il a appris, pour autant qu'il y ait quelque chose à apprendre.

Mais il est possible, me semble-t-il, de faire un petit pas supplémentaire. Nous pouvons récapituler les différents points déjà étudiés pour en tirer quelque indication, l'esquisse d'une ligne d'action, une piste propre à nous guider.

Courage

Tous les êtres humains cherchent à s'élever au-dessus des autres pour qu'on les préfère, qu'on les aime, qu'on les adore. C'est une compétition implicite. Mais dans laquelle nous sommes, de toute façon, vainqueurs et vaincus[1]. L'envie est une réaction à la défaite, une tentative pour la nier en trouvant les défauts, les démérites de celui qui nous a surpassés, en le condamnant moralement, et avec lui le monde qui lui reconnaît une valeur. L'envie, comme nous l'avons vu à plusieurs reprises, est une tentative laborieuse, arbitraire, pour trouver un ordre moral jusque dans des régions de la vie où il n'en existe aucun.

Les Grecs avaient fort bien compris qu'il y a des zones de l'existence dans lesquelles les résultats dépendent du mérite des hommes, et d'autres, au contraire, où la capacité et la vertu n'ont plus aucune importance parce qu'elles sont dominées par la *moira*, le destin. Des zones où toute explication est totalement privée de sens et toute comparaison impossible.

Les adeptes des religions monothéistes y voient l'impénétrable volonté de Dieu et sa mystérieuse prédestination.

Nous sommes tous invités à donner le meilleur de nous-mêmes, à nous dépenser, à nous prodiguer, à lutter. Tout en étant clairement conscients du fait que ce n'est pas nous qui nous faisons ce que nous sommes. Hommes ou femmes, blancs ou noirs, Européens ou Asiatiques, malades ou bien portants ; que nos vertus ou nos qualités dépendent de la société dans laquelle nous sommes, de l'époque dans laquelle nous vivons. Il nous reste bien peu de choses à attribuer à notre propre mérite.

L'envieux fait exactement le contraire. Il cherche toujours une raison de mérite pour lui-même, de discrédit pour l'autre, et, pour justifier son propre échec, ne voit partout qu'intrigues et tromperies.

Si nous ne voulons pas tomber dans ce travers, il nous faut cultiver en nous la capacité de faire face à la chance comme à la malchance ; d'accueillir, impavides, le résultat le plus absurde, le plus amer. On peut parler de force d'âme à propos d'une telle vertu. C'est une forme de courage. Courage dans la lutte, courage dans la défaite, courage face aux catastrophes.

L'envieux s'apitoie sur lui-même, se lamente. Pour vaincre l'envie, nous devons apprendre à ne pas le faire. Même quand nous avons raison, même quand nous sommes profondément atteints. On apprend au petit enfant à ne pas pleurnicher, à se contrôler. Et, peu à peu, sa peur disparaît.

C'est une attitude de fermeté, qu'on aurait, jadis, qualifiée de virile. C'est l'état d'esprit du guerrier affrontant la bataille. Il sait que la mort n'obéit pas à une loi morale. Elle ne frappe pas les méchants pour épargner les justes. Elle survient par hasard, comme elle l'entend, pour une balle perdue, pour une bombe qui explose un peu trop près.

Le guerrier doit seulement vaincre sa peur, combattre avec bravoure, tous ses sens en éveil, l'esprit lucide, le corps alerte. Et penser le moins possible à lui-même.

Émulation

L'envie est une défense, une fuite pour éviter la comparaison quand nous sentons que nous y serons perdants, battus. L'envieux surveille d'un œil méfiant tous ceux qui s'élèvent, qui émergent, tous ceux qui font quelque chose de bon ou de beau. Il les dénigre, les moque, les offense, les insulte. Ainsi, il n'est pas obligé de se mesurer à eux. Il se réfugie dans la médisance.

On peut, pour vaincre l'envie, décider de faire exactement le contraire. Et nous retrouvons là le courage, sous sa forme la plus simple, la plus directe — le courage comme vertu première[2]. Vaincre notre répugnance et regarder avec attention ceux qui sont meilleurs que nous pour accepter le défi que nous propose leur exemple. Choisir la voie de l'émulation, sans l'absurde prétention d'arriver tout de suite au sommet, de conquérir la première place. Se garder de la légèreté, de l'arrogance et de l'orgueil. Accepter le défi signifie d'abord se donner des objectifs possibles, ne pas viser trop haut ou trop loin. Faire du sport, ce n'est pas forcément remporter la médaille d'or aux Jeux Olympiques, mais participer à la compétition, s'améliorer. Chacun dans sa catégorie, chacun selon ses possibilités.

De grands champions olympiques, mais aussi des milliers de citadins anonymes et même des handicapés en fauteuil roulant participent chaque année au grand marathon de New York. Ces derniers ne prétendent pas arriver en tête. Mais ils n'en luttent pas moins de toute leur énergie pour aller jusqu'à la ligne d'arrivée, pour améliorer leurs performances antérieures.

Ils y sont poussés par le goût de la compétition, par le plaisir de vaincre les obstacles, la joie de faire mieux.

Mais l'exemple le plus grandiose d'élimination positive de l'envie nous est fourni par la concurrence économique. Les entreprises s'observent, étudient avec le plus grand soin les progrès réalisés ici et là afin de les imiter, de les neutraliser et de finalement battre les concurrents. Au lieu de fermer les yeux sur les réussites de leur adversaire, elles les analysent de façon approfondie pour comprendre les stratégies employées. Toutes les grandes écoles de *business administration* axent leur enseignement sur ce type d'études.

Dans le domaine de la concurrence économique, la réussite de l'autre ne génère pas le désespoir, l'envie et la diffamation. Mais l'intérêt, la recherche, d'où émergent de précieux enseignements.

C'est bien cette force extraordinaire qui, à travers la concurrence, entraîne une amélioration continuelle des techniques, de la qualité — autrement dit, le progrès.

On trouve un processus analogue dans le domaine de la science expérimentale. Le chercheur apprend très tôt à laisser son envie de côté pour utiliser le résultat obtenu par son collègue comme nouveau point de départ.

Le sport, la concurrence économique et la recherche scientifique sont les grands secteurs dans lesquels notre société moderne a réussi à neutraliser l'envie. C'est pourquoi ils nous offrent un modèle que nous pouvons utiliser dans notre combat personnel contre ce sentiment paralysant.

L'envie est un stratagème pour se soustraire à la comparaison, pour conserver notre valeur sans nous exposer, sans risquer, mais en répandant autour de nous les vapeurs toxiques de la médisance. Pour la vaincre, il nous faut sortir au grand air, nous exposer au risque, regarder enfin notre ennemi en face. À supposer qu'il s'agisse réellement d'un ennemi, et non d'un ensemble de fantasmes nés de la peur.

La compétition nous oblige à être attentifs, vigilants, à nous modeler sur le monde extérieur, à en saisir la moindre vibration. Ce faisant, nous cessons de n'être obsédés que par nous-mêmes et par l'insoluble problème de notre propre valeur.

L'envie est un blocage de l'élan vital, un tourbillon où se perdent nos énergies. Pour en sortir, il nous faut inverser le mouvement de l'intérieur vers l'extérieur, du confiné à l'ouvert, de la rétention à la dépense, de la peur au courage. Autrement dit, repartir d'un nouvel élan, nous replonger dans le mouvement de la vie. La vie qui court de l'avant, heureuse, téméraire, avide, pas encore rigidifiée en acquis et en résultats, en formules, en objets à conserver.

Sérénité

L'envieux ment. Il se ment à lui-même quand il dénigre la personne qu'il admire, il ment aux autres pour dissimuler son envie, pour paraître désintéressé, objectif.

Le mensonge et la mauvaise foi tissent autour de lui une toile d'araignée dont il ne peut plus s'échapper. Pour se libérer, il faut déchirer cette toile d'araignée, regarder l'envie en face et oser se dire à soi-même : « Oui, je suis un envieux. Ce que je dis et ce que je pense m'est inspiré par l'envie. »

L'envieux est un tricheur qui accuse les autres de tricher. S'il reconnaît qu'il triche, il ne pourra plus s'indigner contre eux, jouer les moralistes.

Le travail de l'envieux, comme nous l'avons vu, échoue parce qu'il manque de confiance en lui-même. Il cherche à se convaincre et à convaincre les autres, mais le doute le ronge. La mauvaise foi n'est qu'une stratégie pour faire taire le doute. Elle se cache derrière la colère. Ouvrons-lui la porte, laissons-la s'exprimer et reconnaissons, au moins vis-à-vis de nous-mêmes, que nous sommes fourvoyés.

Celui qui s'avoue son envie et, du même coup, reconnaît qu'il a menti, a déjà éliminé une bonne partie de l'envie. Et il peut se sentir profondément soulagé d'avoir mis fin à un jeu avilissant.

Il est, en revanche, beaucoup plus difficile de s'avouer envieux devant les autres. Parce que cela revient à dire : « Voyez quel menteur je fais. Quand je juge, je ne suis pas objectif, je vous trompe. » Un aveu pénible, héroïque, qu'il est difficile de conseiller même si on sait que, dans plus d'un cas, il serait salutaire.

Il est en revanche inutile, voire dangereux, d'expliquer sa propre envie, d'en trouver la motivation. La ramener, par exemple, à quelque expérience enfantine, transfert d'une émotion ressentie naguère à l'égard d'un frère, d'une sœur ou de l'un de ses parents. Car toute explication est une légitimation. La morale est le champ de la volonté et de la liberté. Tout le reste l'encombre et l'embrouille.

Ouverture

Nous avons vu qu'il faut de la force d'âme pour affronter le sort, du courage pour se relever après une défaite, de la lucidité pour s'avouer sa propre mesquinerie. Et il faut aussi une qualité qui n'a rien à voir avec la dureté, mais avec l'ouverture, l'optimisme, la joie. Une qualité solaire qui nous porte vers les autres. Un élan vibrant vers tout ce que, spontanément, nous serons prêts à admirer.

L'envie est une fuite devant ce que nous désirons, ce que nous sommes prêts à aimer. Parce que nous ne supportons pas de le voir s'incarner chez un autre. Parce que nous avons creusé un abîme insondable entre tout cela et nous.

Mais cette fracture, cette séparation de l'objet, devient automatiquement une séparation de soi-même, de la matrice ardente de nos désirs et de nos rêves, que nous ne pouvons plus alimenter.

La vie, dans son essence, est une continuelle assimilation des autres, de ce qui est nouveau. Si ce processus s'interrompt, si l'organisme prétend rester lui-même sans absorber à l'intérieur de lui le monde extérieur et sans se perdre, sans se renouveler, s'il retient ses catabolites, ralentit son métabolisme, il s'intoxique et meurt. L'envie est une maladie du processus de renouvellement vital. C'est un syndrome de vieillissement.

Mais elle peut frapper à tout âge. Parce qu'on vieillit à chaque instant de sa vie, de même qu'à toutes les époques de la vie se manifestent des phases de renouvellement, de renaissance, de jeunesse. Les esprits créatifs sont capables de recréer en eux-mêmes une fraîcheur stupéfaite au spectacle du monde. Un regard ingénu, enfantin, qui se pose sur toute chose comme si c'était la première fois. Qui découvre le mystère, la profondeur, la richesse de chaque être vivant.

Ce regard-là, nous l'avons dans certains états de grâce. Mais nous pouvons aussi le cultiver si nous combattons en nous la vanité du savoir — et la prétention à tout savoir —, l'indifférence, le cynisme, les préjugés, les idéologies, les rancœurs. Autant de murailles dressées entre nous et les autres, autant de barrières qui nous empêchent de les rencontrer, de nous apercevoir qu'ils vivent les mêmes joies et les mêmes angoisses que nous. Que les différences qui nous séparent, en fait, ne sont rien, sinon des fantasmes de notre imagination.

Nous avons tous, au fond de nous-mêmes, une tendance à regarder autour de nous en grinçant des dents. L'envie est un grincement de dents à l'adresse de celui qui s'approche de trop près, qui nous domine, qui nous dépasse d'une tête. Mais la civilité se nourrit de la compréhension de l'autre, de l'identification à lui, de la participation à son existence. De l'acceptation de sa différence.

Qu'on ne voie pas là une invitation à l'amour universel. Nous ne pouvons pas aimer tout le monde et n'importe qui. Il est juste et légitime de reconnaître ses ennemis et de les combattre. Et pourtant, même s'ils sont nos ennemis, nous pouvons faire la paix et, parfois, accéder avec eux à une amitié durable.

Ce n'est pas le combat direct qui émousse, qui engourdit l'âme, mais les miasmes de la mauvaise foi, la rumination dans la rancœur, l'étroitesse d'esprit, la misère morale. Mieux vaut avoir une attitude mentale ouverte, disponible, au risque de pêcher par excès de simplicité et d'ingénuité. Pour corriger un cynisme qui paralyse, il faut oser, risquer la pureté de cœur.

Impartialité

L'envie est une parodie de la justice. Elle se pare de ses habits pour diffamer. L'envieux est toujours prêt à s'indigner, à stigmatiser. Allié à la médisance, ce trait de caractère désigne l'envieux aussi sûrement qu'une marque de fabrique.

La riposte psychologique et morale à ce vice, à cette faiblesse, ne saurait être un simple recours à la bonté d'âme et à la compréhension. Mais plutôt la rigoureuse application d'un critère de justice rationnel.

Trois voies s'offrent à nous[3]. Bentham prône l'*utilitarisme*, qui nous donne pour règle d'agir au bénéfice du bien-être et du bonheur collectif. L'application d'un tel critère à la morale publique est relativement facile, mais ne nous sera pas d'un grand secours dans nos rapports d'individu à individu, comme dans le cas de l'envie. Et la mauvaise foi envieuse peut toujours trouver des arguments en sa faveur, se découvrir, là où cela l'arrange, une utilité collective.

La deuxième voie nous est proposée par Kant : « Agis selon la maxime que tu voudrais voir adopter comme loi universelle. »

Concrètement, toutefois, cette recommandation n'est pas facile à suivre, et la mauvaise foi aura tôt fait de la détourner à son profit : l'individu se sent souvent l'âme d'un croisé, et voudrait ériger en norme universelle sa rancœur et sa malveillance.

C'est pourquoi, dans ce livre, nous avons fait plusieurs fois allusion à la *position fondamentale* de Rawls, d'après laquelle il convient de fixer ses critères de jugement en ignorant — sans tenir compte de sa propre position. Sans savoir, en particulier, si l'on se trouve du côté de l'envieux ou de l'envié, lequel a réussi et lequel a échoué.

Pour son application pratique la plus élémentaire, ce principe exige de moi que je me mette à la place de l'autre et l'autre à la mienne, et n'ouvre la bouche qu'une fois réalisée cette expérience, en toute bonne foi.

Tout ceci n'est possible qu'à condition de respecter l'autre, de respecter son être. Toute personne humaine a droit à ce respect. Parce que la vie est difficile, qu'elle est faite de souffrances, qu'elle demande des efforts. Il nous faudra garder cela à l'esprit chaque fois que nous nous adresserons à quelqu'un, chaque fois que nous le jugerons, que nous considérerons ce qu'il a réalisé.

Je suis souvent stupéfait et choqué lorsque j'entends prononcer des jugements définitifs sur un grand metteur en scène, un grand écrivain ou un grand philosophe. Rejeter, de manière superficielle, après l'avoir tout juste feuilleté, un livre qui a demandé des années et des années d'efforts. De quel droit manquons-nous ainsi de respect pour le travail d'autrui ?

Être impartial, c'est manifester vis-à-vis de quiconque, l'attention et le respect que je réclame pour moi-même.

Concentration

Pour réaliser une œuvre réellement grande, autrement dit pour avoir une vraie, une durable réussite, il ne faut pas le désirer, le chercher, en faire une obsession. Ne pas y penser du tout, même, et se concentrer plutôt sur la qualité de son travail, avec la perfection pour unique objectif.

Voilà qui ressemble à l'une de ces maximes édifiantes destinées à consoler les perdants et les malchanceux. Or, il ne s'agit en rien d'une maxime morale, mais bel et bien de la constatation d'un phénomène réel et parfaitement observable. Même s'il est paradoxal. Car, pour réussir, il faut être habité d'un désir d'excellence, être profondément motivé, garder les yeux fixés sur l'objectif, se dépenser, se prodiguer. Mais il faut aussi, et simultanément, ne pas s'y acharner, s'en désintéresser.

C'est un peu comme pour le bonheur. Nous ne pouvons trouver le bonheur que si nous ne le cherchons pas, si nous n'allons pas vers les choses qui nous plaisent, si nous ne créons pas des situations dans lesquelles nous pourrons le rencontrer. Si nous prétendons saisir le bonheur avec certitude, un certain dimanche, à l'occasion de telles vacances, nous avons toutes les chances d'être déçus. Parce que notre désir s'accroît alors démesurément, l'impatience nous gagne, et quelque contretemps survient presque toujours pour tout gâcher. Nous ne pourrons jamais être heureux ainsi. Pour être heureux, nous devons accepter l'échec et la malchance, ne rien attendre. Le bonheur, alors, surgira à l'improviste. Comme un don gratuit, une grâce.

Le succès est, avant tout et par essence, reconnaissance publique, applaudissements, clameurs, bavardages. Celui qui recherche l'approbation d'autrui, qui s'est donné pour objectif cette reconnaissance et agit les yeux fixés sur cet objectif finira forcément par se casser la figure.

Toute innovation, toute œuvre créative, en fait, anticipe sur son temps, sur les besoins de ceux qui l'applaudiront. Si nous concentrons nos efforts sur ce qu'ils pensent et désirent sur le moment, nous en serons influencés, nous nous soumettrons à leurs préjugés.

Celui qui se préoccupe du succès devient esclave de l'opinion publique et finit par s'en étourdir. Pour plaire à tous et à chacun, il est amené à faire des concessions de toutes sortes, à se fractionner, à s'éparpiller, à se perdre en cajoleries et en simagrées. Alors qu'une œuvre importante, qui compte, qui existe, est toujours quelque chose d'unitaire et de bien défini. Autrement dit, le fruit d'un choix, d'une exclusion intransigeante.

Il faut compter, aussi avec l'agressivité de ceux qui nous entourent. Les envieux cherchent délibérément à nous induire en erreur. Ils nous louent quand nous restons dans une médiocrité qui ne les dérange pas, mais nous attaquent avec férocité si nous faisons preuve d'innovation et d'originalité. Ils cherchent à nous inhiber, à nous faire peur, ils nous voudraient toujours incertains et craintifs.

Et pourtant, aussi dangereuse que soit l'envie des autres, la nôtre l'est bien plus encore. Si, au lieu de nous concentrer sur notre travail, nous nous mettons à penser à ceux qui ont obtenu le succès et nous laissons aller aux tourments de l'envie, nous ne tardons pas à perdre notre fraîcheur intérieure pour devenir sourds et aveugles. Nous ne distinguons pas ce qui a de la valeur, nous ne sommes plus stimulés par le désir de nous améliorer, nous ne sommes plus capables d'apprendre. L'envieux regarde au-dehors, au-dehors de lui-même, pour y trouver ce qui l'éloignera de son but.

Ainsi, quoi que nous fassions, quel que soit notre travail, nous ne pouvons avoir le succès comme objectif. Seules peuvent nous sauver la concentration sur l'œuvre en cours, la volonté de la mener à la perfection. Le succès, s'il arrive et quand il arrivera, sera un don gratuit.

Notes

Chapitre 1

1. L. Festinger, « A Theory of social comparison process », in *Human Relations*, 1954, 7, pp. 114-140.

2. Les définitions de l'envie données par divers philosophes au cours de l'histoire concordent. Aristote s'y penche dans le second livre de la *Rhétorique* et la définit comme une douleur causée par la chance qui vient favoriser des personnes semblables à nous.

Thomas d'Aquin, dans la *Summa Theologiae, II-II, Quaestio trigesima-sexta*, premier article, définit l'envie comme une souffrance, un mal-être (*tristitia*) occasionné par les biens d'autrui, non parce qu'ils présentent un danger, mais en ce que « est diminutivum propriae gloriae vel excellentiae ».

Pour Spinoza, l'envie n'est autre que la haine elle-même dans la mesure où elle amène l'homme à se réjouir de ce qui est mauvais et à déplorer ce qui est bon pour autrui.

Descartes parle de ceux que peine le destin heureux de leurs semblables. Il distingue une envie juste, que nous ressentons lorsque la justice est bafouée, d'une envie injuste. Mais il ajoute que nous sommes très rarement justes et généreux.

Kant définit l'envie comme la tendance à éprouver de la souffrance devant le bonheur d'autrui, même quand ce bonheur ne porte pas atteinte au nôtre.

John Rawls écrit que nous envions les personnes dont la situation est meilleure que la nôtre et que nous voulons les déposséder, même s'il nous faut pour cela renoncer nous-mêmes à quelque chose. Cf. *Métaphysique des coutumes.*

Chapitre 2

1. Le mérite de cette formulation va à John Sabini et Maury Silver. Plutôt que « Qu'est-ce que l'envie ? » ils se sont demandés « Quand accusons-nous quelqu'un d'être envieux ? » et ont pu ainsi décrire l'envie comme un acte par lequel l'individu s'efforce d'empêcher la chute de sa propre valeur, mais le fait en employant des moyens socialement inappropriés. La *superbia*, au contraire, est un acte destiné à accroître — mais toujours par de mauvais moyens — la valeur du sujet. Cf. John Sabini et Maury Silver, *Moralities of Everyday Life*, Oxford University Press, Oxford, 1982.

2. Salvatore Natoli, *Il tormento dell'impotenza e le insidie del risentimento*, in G. Pietropolli Charmet et M. Cecconi, *L'invidia. Aspetti sociali e culturali.* Milan, Scheiwiller, 1990, pp. 33-40.

3. Rosa Giannetta Alberoni, *Io voglio*, Milan, Rusconi, 1990, p. 109.

Chapitre 3

1. F. Alberoni, *Le Choc amoureux*, Ramsay.

Chapitre 4

1. Comme le rappelle Saint Augustin dans *Les Confessions.*

2. Un processus superbement décrit par René Girard, *La Violence et le sacré.*

3. D.C. McClelland, *The Achieving Society*, New York, Van Nostrand, 1961 ; D.C. McClelland, J.W. Atinson, R.A. Clark et E.L. Lowell, *The Achievement Motive*, New York, Appleton, 1953.

4. Hésiode distingue deux formes d'*eris*, la discorde. La première, la mauvaise, est liée à *phtonos*, l'envie ; la bonne est liée à *dike*, la justice. Même Descartes, comme nous l'avons vu, distingue une juste et une mauvaise envie. Cette distinction entre bonne et mauvaise envie a été récemment soutenue par Paola Benincà, « Qual è l'invidia che puo dire il nome », in *Imbarazzo, vergogna e altri affanni*, Milan, Raffaello Cortina Ed., 1990, pp. 179-192.

Chapitre 5

1. Norbert Elias, Eric Dunning, *Sport e aggressività*, Bologna, Il Mulino, 1989.

2. F. Nietzsche, *Ainsi parlait Zarathoustra.*

Chapitre 6

1. René Girard, *Mensonge romantique et vérité romanesque* et *La Violence et le sacré.*

2. Cette distinction sera reprise plus longuement au chapitre 8.

3. Sur cette relation aux idoles, cf. Edgar Morin, *Les Stars*; F. Alberoni, *L'Élite sans pouvoir*, Paris, Ramsay, 1973 et Carlo Sartori, *La fabbrica delle stelle*, Milan, Mondadori, 1983.

4. Sur le concept grec et chrétien de l'amour (eros et agape), cf. Anders Nygren, *Eros et Agape.*

Chapitre 7

1. Rudolph Otto, *Le Sacré.*

2. Sur la théorie de la défense perceptive de Jerome Bruner, cf. J.S. Bruner, C.C. Goodman, « Value and Need as organizing factor in Perception », « J. of Abnormal and Social Psy. », 1947, 42, pp. 33-44; J.S. Bruner, « On perceptual Readiness », *Psy Review*, 1957, 64, pp. 132-152.

3. Thomas Hobbes, *Sur le citadin*, et *Le Léviathan.*

4. Souvenons-nous l'image des envieux aux yeux cousus par du fil de fer dans le Purgatoire de Dante Alighieri (*La Divine Comédie*).

5. Cette théorie est exposée, avec de nombreux exemples, dans *Genesi* de F. Alberoni. Pour ce qui concerne plus particulièrement la maçonnerie, cf. R. Koselleck, *Critique illuministique et crise de la société bourgeoise.*

6. Michel Foucault, *Les Mots et les choses* et *Archéologie du savoir.*

Chapitre 8

1. Aristote, *Rhétorique.*

2. *L'effet démonstratif* posé par Modigliani et Duesenberry à la base de leur théorie de la consommation établit que la tendance à la consommation est proportionnelle à l'exposition à des exemples concrets de consommation. Elle est donc au maximum entre voisins, dans une même fourchette de revenus où à la frontière entre deux fourchettes. Cf. J.S. Duesenberry, *Income, saving and the Theory of Consumer Behavior*, Harvard University Press, Cambridge, 1949.

La théorie sociologique de la privation relative et des groupes de référence aboutit à des résultats analogues. La comparaison suppose l'existence de contacts ou d'informations, elle est donc toujours liée à la proximité sociale. Cf. W.G. Runciman, *Inégalité et conscience sociale.*

3. On trouve une belle description des formes d'envie qui apparaissent

à l'intérieur des différentes professions dans *L'Envie* d'Eugène Raiga, Paris, Alcan, 1932. Il met en évidence le fait que l'envie est particulièrement virulente entre les avocats et moins entre les médecins, parce que ceux-ci sont répartis en de nombreuses spécialités. En général, l'accroissement de la division du travail dans le monde moderne tend à réduire l'envie.

Chapitre 9

1. D'après Cristiano Castelfranchi, *Che figura*, Bologne, Il Mulino, 1988, pp. 131-132, il y a toujours, à côté d'une fin spécifique, l'idée d'« avoir plus de », ou de « ne pas avoir moins de ».

2. Thomas d'Aquin, *Summa Theologiae, Quaestio centesima sexagesima secunda*, article troisième.

3. Salvatore Natoli, *Il tormento dell'impotenza*, in G. Pietropolli Charmet et M. Cecconi (sous la direction de), *L'invidia*, cit., p. 38.

4. Aristote l'avait découvert : « Sont portés à l'envie aussi ceux qui possèdent presque tous les biens : ceux qui remportent de grands succès et ont beaucoup de chance sont très envieux... tout comme ceux qu'on honore de manière exceptionnelle pour quelque motif, surtout pour le savoir ou pour la félicité. » *Rhétorique.*

Chapitre 10

1. Cristiano Castelfranchi, *Che figura.*

2. C'est le Moi décrit par George Mead, *L'Esprit, le moi et la société.*

3. Erving Goffman, *Asylums.*

4. C'est ce que montrent bien les recherches sur les biens de consommation, le collectionnisme, l'expérience du cambriolage ou celle du renoncement volontaire dans la vie monastique. Cf. Luisa Leonini, *L'identità smarrita*, Bologne, Il Mulino, 1988.

5. Cf. Alessandro Del Lago et Pierpaolo Gigliolo, *Etnometodologia*, Bologne, Il Mulino, 1985.

Chapitre 12

1. Cf. John Sabini, Maury Silver, *op. cit.*, p. 22.

2. Cette énumération des différentes stratégies ne prétend en aucun cas être exhaustive. Nous voulions identifier le concept de travail de l'Envie et donner un exemple de son fonctionnement, mais non le traiter systématiquement. Le lecteur trouvera de nombreux types de stratégies envieuses dans le livre d'Eugène Raiga. Par exemple, la dissimulation,

l'affectation d'indifférence, la conspiration du silence, le complot, l'ironie, le sarcasme, la moquerie.

Chapitre 13

1. Eugène Raiga, *L'Envie*, p. 159.

2. Eugène Raiga, *op. cit.*, pp. 149-150.

3. Cf. K. Mannheim, *Idéologie et utopie.* Cf. également les observations faites au chapitre « Envie et connaissance » à propos des épistèmes.

Chapitre 14

1. J'emploie l'expression *mauvaise foi* dans le sens que lui a donné Jean-Paul Sartre dans *L'Être et le néant.*

Chapitre 15

1. Thomas Mann, *Le Jeune Joseph.*

2. M. Selvini Palazzoli, S. Cirillo, M. Selvini, A.M. Sorrentino, *I giocchi psicotici nella famiglia*, Milan, Raffaelo Cortina, 1988, pp. 96-101.

3. Surtout dans *Totem et tabou* et *Moïse et le monothéisme.*

4. Plutarque, *De invidia et odio*, dans Moralia I, Plan 47.

5. Spinoza adopte, là-dessus, une autre position. Pour lui, l'envie n'est autre que de la haine vue sous l'angle particulier de l'individu qui veut du mal à un autre individu et s'attriste de sa joie. (*Éthique*) Une expérience que Thomas d'Aquin, au contraire, distingue nettement de l'envie. Quand, en fait, la *tristitia* vient du renforcement d'un ennemi et, donc, de l'aggravation du danger, *talis tristitia non est invidia, sed magis timoris effectus (Summa Theologiae).*

6. F. Nietzsche, *Généalogie de la morale.*

7. Cf. plus loin le paragraphe *Ressentiment et envie collective.*

Chapitre 16

1. Helmut Schoeck, *L'Envie et la société.*

2. Dans le film *All About Eve* de Mankiewicz, une jeune provinciale pleine d'admiration parvient à approcher la grande star Margo et devient sa secrétaire, son assistante, son alter ego. Elle anticipe sur ses pensées, prévient ses désirs, ses moindres gestes. Peu à peu, elle se substitue à elle, lui prend sa place et, à forces d'intrigues — et de talent — parvient à la supplanter jusque dans sa carrière. Cf. l'analyse de Gianni Canova, *In-video. Il cinema in bilico tra vedere e invidiare*,

in G. Pietropoli Charmet et M. Cecconi (sous la direction de), *L'Invidia*, pp. 175-181.

3. E. Kant, *Métaphysique des coutumes.*

Chapitre 17

1. H. Schoeck, *L'Envie et la société.*
2. *Id.*
3. S. Freud, *Psychologie des masses et analyses du moi.*
4. C. Lévi-Strauss, *Anthropologie structurelle.*
5. René Girard, *La Violence et le sacré.*

Chapitre 18

1. C'est la définition célèbre donnée par Kant dans la *Fondation de la métaphysique des coutumes.*
2. Matthieu, 20.
3. J. Rawls, *Une théorie de la justice.*

Chapitre 19

1. H. Schoeck, *L'Envie et la société.*
2. Voir chapitre « La provocation ».
3. Cf. G. Di Fraia, *L'invidia e il risentimento nella genesi dei valori*, in G. Pietropolli Charmet et M. Cecconi (sous la direction de), *L'invidia*, pp. 91-102.
4. F. Alberoni, *Genesi.*
5. Max Scheler, *Le Ressentiment dans l'édification de la morale.*
6. V. Lanternari, *Movimenti di libertà e di salvezza dei popoli oppressi*, Milan, Feltrinelli, 1962. Sur le même sujet, cf. F. Alberoni, *Consommation et société.*
7. Une expérience décrite par F. Fanon dans *Les Damnés de la terre.*
8. L'expression est de A. Toynbee, dans *A Study of History*, Oxford, Oxford Univ. Press, 1962.

Chapitre 20

1. G. Scholem, *Sabbatai Sevi, the Mystical Messiah*, Bollingen, Serie XCIII, Princeton University Press, 1973.
2. R. Koselleck, *Critique illuministique et crise de la société bourgeoise.*
3. R.A. Knox, *Illuminés et charismatiques.*
4. Max Weber, *Économie et Société.*

5. F. Alberoni, *Genesi.* Cf. les chapitres 7 et 8 sur les institutions de réciprocité et les institutions de domination.

Chapitre 21

1. C'est la thèse fameuse soutenue dans *La division du travail social.*
2. Cf. F. Alberoni et S. Veca, *L'altruismo e la morale*, Milan, Garzanti, 1988.

Chapitre 22

1. J'ai volontairement laissé de côté, tout au long de ce livre, l'envie infantile étudiée par la psychanalyse, en particulier l'envie du pénis décrite par Freud et l'envie primordiale décrite par Mélanie Klein (cf. en particulier, *Envie et gratitude*). J'ai pris ce parti, non parce que je n'avais pas étudié le sujet, ou parce que je considérais les théories de Freud et de Klein sans fondement. Je les ai moi-même largement utilisées pour ma théorie des mouvements (cf. *Genesi*).

Je l'ai fait parce que ce livre fait appel à l'expérience directe du lecteur, sans la médiation d'un psychanalyste qui interprète les symptômes et traduit l'expérience en schémas des expériences infantiles. L'envie que le nourrisson éprouve pour le sein, telle que l'a décrite Klein, n'est pas directement accessible à l'expérience adulte. Le langage kleinien, en dehors de la situation analytique concrète, finit par devenir un jargon arbitraire et incompréhensible.

Le lecteur pourra s'en rendre compte en lisant le dernier ouvrage d'Hanna Segal, *Introduction à l'Œuvre de Mélanie Klein.* Je suis par ailleurs convaincu que ce choix n'aura nui en rien à l'approfondissement du sujet.

2. S. Freud, *Considérations actuelles sur la guerre et la mort.*
3. Cf. A. Alberoni, *Le Choc amoureux.*
4. Cf. F. Alberoni, *L'Amitié.*

Chapitre 23

1. F. Nietzsche, *Généalogie de la morale.* En réalité, le phénomène de dévalorisation décrit par Nietzsche est beaucoup plus général : tous les riches, tous les heureux deviennent mauvais et tous les pauvres, tous les malheureux deviennent bons. Il s'agit, ainsi, d'une élaboration idéologique qui appelle un processus collectif. Nous l'avons examiné au chapitre 19, paragraphe « Ressentiment et envie collective ».
2. Cf. Aristote, *Rhétorique.*

Chapitre 24

1. Sur ce sujet, cf. A. Mucchi Faina, *L'abbraccio della folla*, Bologne, Il Mulino, 1983.
2. R. Caillois, *L'Homme et le sacré*, Paris, Gallimard, 1950 ; G. Bataille, *L'Érotisme.*
3. Francesco Alberoni, *Statu nascenti*, Bologne, Il Mulino, 1968.
4. M. Maffesoli, *L'Ombre de Dionysos.*
5. Cf. E. Durkheim, *Les Formes élémentaires de la vie religieuse*, et V. Lanternari, *La grande festa. Storia del capodanno nelle civiltà primitive*, Milan, Il Saggiatore, 1959.
6. R. Otto, *Il sacro.*
7. G. Scholem, *La Cabale.*
8. F. Fornari, *Psicoanalisi della guerra*, Milan, Feltrinelli, 1963.
9. Sur la guerre et en particulier sur la mobilisation belliqueuse, cf l'ouvrage célèbre de G. Bouthoul, *Les Guerres.*
10. C'est l'expérience fondamentale décrite dans *Genesi.*

Chapitre 25

1. Eugène Raiga, *L'Envie.*
2. V. Jankelevitch, *Traité des vertus.*
3. Cf. F. Alberoni et S. Veca, *L'altruismo et la morale.*

Table des matières

Cet ouvrage a été composé par
Graphic Hainaut (59690 Vieux-Condé)
et imprimé par B.C.I. à Saint-Amand-Montrond (Cher) en mars 1995
pour le compte de la Librairie Plon

N° d'édition : 12516. N° d'impression : 1/725
Dépôt légal : mars 1995
Imprimé en France